Wilhelm von Bode

Frans Hals und seine Schule: Ein Beitrag zu einer kritischen Behandlung der holländischen Malerei

Antigonos

Wilhelm von Bode

Frans Hals und seine Schule: Ein Beitrag zu einer kritischen Behandlung der holländischen Malerei

Unveränderter Nachdruck der Originalausgabe von 1871.

1. Auflage 2024 | ISBN: 978-3-38647-416-0

Antigonos Verlag ist ein Imprint der Outlook Verlagsgesellschaft mbH.

Verlag: Outlook Verlag GmbH, Zeilweg 44, 60439 Frankfurt, Deutschland, info@outlook-verlag.de
Vertretungsberechtigt: E. Roepke, Zeilweg 44, 60439 Frankfurt, Deutschland
Druck: Libri Plureos GmbH, Friedensallee 273, 22763 Hamburg, Deutschland

FRANS HALS
UND SEINE SCHULE.

EIN

BEITRAG ZU EINER KRITISCHEN BEHANDLUNG

DER

HOLLÄNDISCHEN MALEREI.

ALS DOCTORDISSERTATION BEI DER KÖNIGL. SÄCHS. UNIVERSITÄT
ZU LEIPZIG EINGEREICHT

VON

W. BODE.

LEIPZIG,
VERLAG VON E. A. SEEMANN.
1871.

Frans Hals und seine Schule.

Nach dem heutigen Standpunkte der historischen Forschung, die sich nicht mehr darauf beschränkt, die leuchtenden Gestirne, die epochemachenden Momente der Geschichte herauszugreifen und aus der Betrachtung derselben das Gesammtbild einer Zeit zu bilden, sondern dieselben vielmehr unter den mannigfachen Gesichtspunkten betrachtet, welche sie bedingten und auf sie einwirkten, — bei einer solchen Betrachtungsweise wird gerade die Zeit der Entwicklung bis zu einem bestimmten Höhenpunkte, wird das naive Ringen nach dem Vollkommenen das besondere Interesse des Forschers in Anspruch nehmen.

In der Geschichte der Malerei sehen wir namentlich das Studium der italienischen Schule nach dieser Richtung mit Eifer und Erfolg betreiben, und ein ähnliches Streben hat sich eine Zeit lang auch in der älteren niederländischen Malerei geltend gemacht. In dem allerersten Stadium steht diese Art der Forschung jedoch erst für die Geschichte der flamändischen und noch in höherem Grade der holländischen Malerei. Während heute schon auf den Bildermärkten, namentlich in Paris, wo man die malerischen Qualitäten am höchsten schätzt, die Gemälde der älteren holländischen Meister: eines Jan van Goyen und Salomon Ruisdael, eines Simon de Vlieger und Dirk Hals zu hohen Preisen, die Bildnisse eines Frans Hals sogar für dieselben Summen erstanden werden, wie die Meisterwerke der berühmtesten Bildnissmaler, ist die Geschichte dieser Zeit fast ausschliesslich auf die wenigen Detailstudien beschränkt, welche der geistreiche französische Litterat T. Thoré (unter dem Pseudonym W. Burger bekannt) über die Werke einzelner Meister angestellt hat, deren Fortsetzung und Verarbeitung leider durch seinen plötzlichen Tod abgeschnitten ist. Wie weit die heutige Kunstliteratur noch von einer richtigen Würdigung und eingehenderen Kenntniss dieser Epoche entfernt ist, davon giebt namentlich Waagen in seinem „Handbuch der deutschen und niederländischen Malerschulen" Zeugniss, welcher die Meister dieser Zeit, soweit er sie überhaupt berücksichtigt, theils unter der Rubrik: „Verzerrung des germanischen Kunstnaturells in der Historien-malerei durch Nachahmung der Italiener" mit Meistern der flamändischen und deutschen Schule bunt zusammenwürfelt, theils gelegentlich und ganz zerstreut bei der Behandlung der späteren holländischen Malerei über dieselben spricht. Einen sehr erfreulichen Gegensatz zu dieser Betrach-tungsweise bietet die Uebersicht, welche C. Vosmaer in dem ersten Theile seiner Monographie über Rembrandt von der älteren holländischen Schule gegeben hat, die einzige, aber sehr gelungene systematische Darstellung dieser Kunstepoche. Ich habe bereits an einem anderen Orte*) näher auf den Werth dieser kurzen Abhandlung eingehen können, glaubte je-doch hier noch einmal darauf hinweisen zu müssen, da die einzige Be-achtung, welche dieselbe bisher in Deutschland gefunden, eine kurze Kritik Springer's im Deutschen Kunstblatte von 1863, in völliger Verkennung die wenig bedeutenden neuen Detailstudien über Rembrandt lobend hervorhebt, jene Uebersicht aber als ganz verfehlt hinstellt.

Freilich treten der Forschung auf dem Gebiete der älteren holländischen Malerei besondere Schwierigkeiten in den Weg, welche die Aussicht auf eine einigermaassen vollständige kritische Darstellung derselben wohl noch auf längere Zeit hinausschieben werden. Die urkundlichen Nachrichten über die Meister sind bisher noch sehr spärlich und werden dies leider auch wohl bei der eifrigsten Forschung bis zu einem gewissen Grade bleiben; die Ueberlieferungen der älteren Kunstliteratur sind kaum für eine andere Zeit so dürftig, und obenein sind diese so unkritisch, ja zum Theil so rein erdichtet, dass es häufig die erste Arbeit sein muss, mit diesen Traditionen zu brechen. Da wir für das Studium also wesentlich auf die Werke der Künstler verwiesen sind, zumal da eine Anzahl von zum Theil tüchtigen und interessanten Meistern nur durch die Be-zeichnungen auf ihren Bildern bekannt sind, so ist es um so mehr zu beklagen, dass die Gemälde in Folge des geringen Interesses, welches dieselben bis vor Kurzem erregten, zum Theil verschleudert, zum Theil zerstreut sind und desshalb namentlich in den grösseren öffentlichen Sammlungen fast ganz fehlen.

Unter solchen Umständen kann diese Arbeit, welche einen Abschnitt jener älteren holländischen Malerei behandelt, nur als ein Versuch hin-gestellt werden. Das Ziel, welches ich mir hier bei der Betrachtung von „Frans Hals und seiner Schule" gesetzt habe, ist eine eingehendere Würdigung dieses grossen Meisters, wie wir dieselbe aus seinen erhaltenen Werken, namentlich aber auch aus der Einwirkung gewinnen, welche wir

---

*) Zeitschrift für bildende Kunst V. pag. 170 f.

Hals auf die Entwicklung der holländischen Malerei ausüben sehen. Durch die Darlegung der künstlerischen Auffassung und Behandlung des Frans Hals werde ich den Anhalt zu gewinnen suchen, um eine Anzahl von Künstlern verwandter Richtung um ihn zu gruppiren und diese Schule des Meisters in ihrer eigenthümlichen Stellung innerhalb der Kunst ihres Landes zu charakterisiren.

Um die Bedeutung des Frans Hals richtig und vollständig zu würdigen, müssen wir zunächst einen kurzen Blick werfen auf die Entwicklung der Malerei in Holland bis auf Hals und auf die Verhältnisse, unter welchen sich dieselbe entfaltete.

Schon innerhalb der Schule der Gebrüder van Eyck, deren reformatorischer Geist in den Niederlanden jene glänzende von der italienischen Renaissance unbeeinflusste Kunstblüthe erweckte, charakterisiren sich die Maler aus den nördlichen Provinzen durch locale Eigenthümlichkeiten, welche in dem holländischen Volkscharakter ihren Grund haben: einmal durch die scharfe Betonung des Charakteristischen und Individuellen und einen damit verbundenen derben Humor, zugleich aber auch durch das hervortretende Streben nach dem Malerischen. Den stärksten Ausdruck jenes ersten Zuges bieten die Werke des H. Bosch, das malerische Streben ist am feinsten durch Dirk Stuerbout und in jenen seltenen und frühesten Radirungen holländischer Meister aus der zweiten Hälfte des XV. Jahrhunderts zur Geltung gekommen. Ein grosser Schritt weiter zur kräftigeren Ausbildung dieser localen Eigenthümlichkeiten, zu grösserer Selbständigkeit der holländischen Malerei geschieht durch Lucas van Leyden; aus seiner genreartigen Auffassung der religiösen Gegenstände, aus der Bedeutung der landschaftlichen Umgebung in manchen seiner Bilder entwickelte sich naturgemäss eine selbständige volksthümliche Genre- und Landschaftsmalerei, nachdem sich die niederländische Kunst für die historischen Gegenstände ausschliesslich der Nachahmung einer fremden, der italienischen Kunst zugewandt hatte. Diese Trennung der Malerei in ihre verschiedenen Fächer sehen wir namentlich durch Holländer vollziehen: Sowohl die Genremaler P. Aertzen und P. Brueghel wie die Portraitmaler J. Scorel und sein berühmter Schüler A. Moro stammen aus Holland, wenn sie auch das Feld ihrer Thätigkeit zum Theil in andern Ländern suchten und fanden. Bei allen localen Verschiedenheiten können wir jedoch noch nicht von einer besonderen flamändischen und holländischen Malerei reden, sondern immer noch von einer gemeinsamen niederländischen Malerei; das Bewusstsein einer solchen Trennung kommt sogar erst, nachdem dieselbe schon vollständig vollzogen war, erst im Laufe des XVII. Jahrhunderts. Diese

Scheidung geht vor sich während des grossen Freiheitskampfes der holländischen Staaten. In diesen gewaltigen, fast achtzigjährigen Kampf macht der zehnjährige Waffenstillstand von 1609 einen bedeutsamen Einschnitt; die Zeit vor demselben charakterisirt sich als der Kampf für die Begründung und um die Existenz des jungen Staates, der Kampf nach Ablauf desselben ist der Triumph des modernen protestantischen Freistaates über das Weltreich der katholischen Krone Spaniens. In jenem ersten Abschnitt des Kampfes, welcher die ganze Kraft jedes Einzelnen zur Abwehr des nationalen Feindes, zur inneren Entwicklung des neuen Staatslebens in Anspruch nahm, konnten nur die Keime gelegt werden für ein selbständiges nationales Geistesleben, dessen glänzende Entwicklung sofort mit dem Eintritt der Waffenruhe beginnt. So bedeutend die Leistungen sind, welche jetzt in einem Zeitraume von kaum mehr als einem halben Jahrhundert auf dem Gebiete der Literatur und der Wissenschaften der deutsche Geist unter den eigenthümlich günstigen Verhältnissen auf jenem kleinen ablegenen Theile seines Bodens hervorbrachte, sie werden sämmtlich übertroffen durch die glänzende Entfaltung der Malerei. Der Zeit ihrer höchsten Blüthe, welche etwa um das Jahr 1640 beginnt, geht eine Vorbereitungszeit voraus, welche an Vielseitigkeit jener späteren Entwicklung nur wenig nachgiebt, und welche eine Anzahl von Meistern hervorgebracht hat, die in der holländischen Kunst und selbst unter den Koryphäen der Kunst aller Zeiten und Länder einen Ehrenplatz verdienen.

Auch diese Kunst gründet sich durchaus auf die vorangegangene Entwicklung. Jene alte italienisirende Richtung der Malerei sehen wir während der Freiheitskämpfe und selbst nach Ablauf derselben in voller Blüthe und von angesehnen Meistern wie Cornelis van Haarlem, van Mander, Heemskerk, Bloemart vertreten; ja die italienische Kunst ist als Vorbild für alle historischen Gegenstände so allgemein anerkannt, dass sogar die erste Gegenströmung wiederum eine Richtung der historischen Malerei ist, die sich in Italien ausgebildet hat. Diese Erscheinung erklärt sich aus dem gewaltigen Kriege, der eine kräftige Entfaltung der Kunst in der Heimath unmöglich machte und viele der bedeutenderen Talente in die Ferne — nach dem Lande der Kunst, nach Italien trieb. Das unter solchen Umständen entstandene holländische Künstlerquartier in Rom bleibt fortan in verschiedener Richtung während der gesammten Entwicklung der holländischen Malerei von Bedeutung. Doch unterscheidet sich diese neue römische Schule von vornherein wesentlich von jenen Italikern, welche in der missverstandenen und ungesunden Nachahmung eines Raphael und Michel Angelo befangen waren. Die naturalistische Richtung der heimischen Kunst macht es erklärlich, dass ein Theil dieser Künstler in Rom durch Caravaggio's derb naturalistische Kunstweise angezogen wurde; die ausgelassenen Conversationsstücke, die wüsten Krieger und Courtisanen eines G. Honthorst, J. van Lis, Baburen, Bylaert, Bronkhorst sind die Früchte des Studiums nach Caravaggio und seinen Schülern. Neben diesen Meistern bildet sich eine andere sehr verschiedene Richtung der holländischen Maler aus, welche sich an einen deutschen Meister in Rom, an Adam Elzheimer, anschlossen. Elzheimer hatte in seinen kleinen Bildchen die historischen Vorwürfe — in einem verwandten Streben wie die van Eyck und Dürer — mitten in das ihn umgebende Volksleben und die umgebende Natur hineingestellt und dieselben durch seine eigenthümliche Beleuchtung und seine liebevolle Durchführung mit einer tief gemüthvollen Empfindung zu durchdringen gewusst. Seine zahlreichen Schüler, von denen Lastman, Bramer, Poelenburg, Goudt die bekanntesten sind, bringen in ihrer Composition, Beleuchtung und Behandlung der holländischen Malerei Elemente hinzu, welche für die Entwicklung derselben, namentlich für die Ausbildung Rembrandt's von hoher Bedeutung wurden. Die wichtigste Fortbildung der holländischen Malerei vollzog sich jedoch auf dem heimathlichen Boden, unter den Einflüssen und Eindrücken des grossen Freiheitskampfes. Nur in den Meistern, die während desselben aufgewachsen waren, vermochte sich der reformatorische Geist zu bilden, der mit dem Alten brechen und den Grund zu neuer Entwicklung legen konnte. Gab doch der Freiheitskrieg selbst ihnen gewissermaassen die Motive für ihre Werke an die Hand: die klugen Führer und die tapfern Kämpfer, die zahllosen kleinen Episoden des Krieges, das in seiner Freiheit kräftig erwachsende Volksleben, der freie heimathliche Boden und das von den holländischen Flotten belebte und beherrschte Meer, das sind die Vorwürfe dieser erwachenden nationalen Kunst. Als eine ächt nationale Kunst ist sie auch local; die Hauptstädte Hollands, die Heerde der Volkserhebung: Haarlem, Leyden, Delft, Haag, Utrecht, zuletzt erst Amsterdam, welches sich lange der Erhebung widersetzt hatte, wetteifern in ihrer Kunstthätigkeit. Jede Stadt hat ihre berühmten Bildnissmaler, die in ihren Portraits die Geschichte ihrer Vaterstadt niederlegen, in ihren „Schutters- und Regentenstukken" die tapferen Theilnehmer an der Befreiung und an der Wiederbegründung des Staates der Nachwelt überliefern. Und mit der Freiheit, mit welcher sie über den Stoff schalten, Alles malen, was malerisch ist, mit derselben Freiheit gestalten sie auch die Technik um. Auf dem kürzesten Wege charakteristisch zu sein und den malerischen Schein zu geben, ist ihre nächste Aufgabe. Der Farbe der Flamänder setzen sie als höchstes Princip des Malerischen den Ton gegenüber.

Allmälig gewinnen diese localen Bestrebungen einen grösseren Zusammenhang; es treten hervorragende Meister unter der Menge hervor und sammeln um sich Schulen, in welchen bestimmte Gegenstände und Richtungen stärker ausgeprägt und vervollkommnet werden. So Esaias van Velde für die Verbindung von Landschaft und Genre, namentlich in seinen kleinen Schlachtenbildern, J. van Goyen und P. Molyn für die Landschaft, A. van Venne und P. Quast für das Genre, endlich für das Bildniss Michael Mirevelt, Jan van Ravesteyn, Jan Gerritz Cuyp, Thomas de Keyser, Frans Hals. Wie Frans Hals unter diesen Meistern selbst als der erste hervorragt, so ist auch die Schule, welche sich um ihn bildet, die grösseste und bedeutendste. Durch Hals gelangt das Malerische als solches zur höchsten Ausbildung; die einzige mögliche Weiterbildung desselben unter der Entwicklung der Beleuchtung blieb Rembrandt und seiner Schule vorbehalten.

Wo wir hervorragende Leistungen des menschlichen Geistes, wo wir Schöpfungen der Kunst vor Augen haben, wird sich uns unwillkürlich die Frage nach dem Urheber aufdrängen. Freilich soll uns das Kunstwerk an sich schon völlig befriedigen: aber ist nicht gerade das, was es zum eigentlichen Kunstwerk macht, ein Ausfluss der Subjectivität, ein Theil des innersten Ich des schaffenden Künstlers? Und wo tritt dasselbe wohl so lebendig uns entgegen als in den Werken der holländischen Malerei, in den Schöpfungen der grossen Meister Rembrandt und Hals! Dank daher den Forschern, welche die Mühe nicht scheuen, Kirchenbücher, Processacten, Noten der Gilden und alle die Stösse verstaubter Papiere zu durchstöbern, um ein kleine Notiz über den einen oder anderen Meister zu entdecken. Denn aus ihnen erst vermögen wir die mangelhaften Ueberlieferungen über die holländische Kunst zu vervollständigen und einzubessern und so allmälig die allgemeinsten Züge des Lebens der Künstler zu gewinnen, auch wohl einen Blick in ihr Inneres zu thun.

Für F. Hals hat sich Dr. A. van der Willigen dieser Aufgabe unterzogen, der unermüdlichste Arbeiter auf dem Gebiete der archivalischen Kunstforschung in Holland. Die Früchte seiner Studien hat derselbe in seinem vortrefflichen Buche „Haarlemsche Schilders" niedergelegt, von welchem soeben eine sehr vermehrte französische Ausgabe erschienen ist*). Auf

---

*) Les artistes de Harlem. Notices historiques avec un précis sur la gilde de St. Luc. Edition revue et augmentée. Harlem 1870, Les Héritiers F. Bohn. — Von den Resultaten dieser neuen Auflage werde ich, soweit sie hieher gehören, in Anmerkungen kurze Rechenschaft geben.

Grund seiner Arbeiten ist der schöne Aufsatz Burger's über die Künstler-Familie Hals (Gazette des Beaux-Arts 1868. März, Mai, November) ent-, standen, das letzte dankenswerthe Vermächtniss des rastlosen Forschers eine Arbeit, auf die ich noch mannigfach werde zurückkommen müssen. Indem ich über die nähern Details auf diese beiden Werke verweise, will ich auf Grund derselben in einer kurzen biographischen Skizze einen allgemeinen Ueberblick über das Leben und den Charakter des Meisters F. Hals geben, so weit wir ein solches Bild eben nach diesen urkund-lichen Forschungen gewinnen können.

Frans Hals stammt aus einer alten Patrizierfamilie Haarlems, deren Mitglieder sich bis auf den Vater des Frans fast 200 Jahre lang in den höchsten Aemtern der Stadt nachweisen lassen. Im Jahre 1579 verliessen die Eltern des Meisters die Stadt Haarlem, vielleicht aus Anlass der Kriegsunruhen, und begaben sich nach Antwerpen. Hier wurde Frans geboren, nicht in Mecheln, und zwar nach der allgemeinen Annahme im Jahre 1584. Doch fehlen uns darüber wie überhaupt für die Zeit seiner Jugend bisher jegliche urkundliche Anhalte. Diese bekommen wir erst mit dem Jahre 1611, in welchem der Meister einen Sohn von seiner Frau Anneke Hermans zu Haarlem taufen lässt. Wann Frans Hals nach Haarlem zurück gekehrt war, darüber fehlt uns jede sichere Nachricht, vermuthlich jedoch schon seit einer Reihe von Jahren, da der bereits im Jahre 1604 zu Haarlem verstorbene Karel van Mander als der Lehrer des F. Hals angegeben wird, und da auch ein anderes Mitglied seiner Familie, „Joost Hals van Antwerpen" genannt, bereits im Jahre 1608 in Haarlem wieder ansässig ist. Die nächsten Nachrichten, welche wir über den Meister bekommen, sind nicht gerade ehrenvoll für ihn. Am 20. Februar 1616 erscheint derselbe auf eine Vorladung wegen Miss-handlung seiner Gattin vor dem Magistrat und verspricht „sich zu bessern und sich der Trunkenheit und ähnlicher Ausschweifungen zu enthalten." Wenige Tage darauf stirbt seine Frau; nach Verlauf von kaum einem Jahre verheirathet sich der Meister wieder am 12. Februar 1617 mit Lysbeth Reyniers und schon nach neun Tagen macht ihn dieselbe zum Vater. Nehmen wir hierzu noch die verschiedenen Nachrichten über seine Ver-mögensverhältnisse, namentlich den Umstand, dass im Jahre 1652 das Mobiliar und die Gemälde des Meisters zu Gunsten eines Bäckers wegen rückständiger Schulden und vorgestreckter Gelder im Betrage von 200 Carolus-Gulden versteigert werden mussten, so gewinnen wir daraus, wie v. d. Willigen sehr bezeichnend sich ausdrückt, „das Bild eines Mannes ohne Regel und Grundsätze, der zwar aus guter Familie in guten Manie-ren und guten Sitten aufgewachsen ist, ohne sie jedoch sehr zu würdigen;

eines Mannes, welcher trotz seiner grossen Fehler stets seines hervorragenden Talentes wegen geachtet wurde; kurz das Bild eines Mannes von ausserordentlichen Leidenschaften." Hals ist kein Charakter im modernen Sinne, ebenso wenig wie die grossen italienischen Künstler des XV. und XVI. Jahrhunderts, aber ein ganzer Mann und ein ganzer Künstler wie jene. Dieses Urtheil bestätigen verschiedene Umstände, welche günstiger für den Meister sprechen als jene eben erwähnten Nachrichten. Seine Zeitgenossen Ampzing und Schrevelius erwähnen in ihrer Beschreibung von Haarlem in ehrenvoller Weise des Meisters; im Jahre 1617 und 1618 ist er mit seinem Bruder Dirk Ehrenmitglied der Rhetoriker-Kammer; Beide waren auch Mitglieder der Haarlemer Bürgergarde; im Jahre 1644 finden wir Frans Hals unter den Vorstehern (Vinder) der Lucasgilde. Die urkundlichen Details, welche uns v. d. Willigen ausserdem noch mittheilt, lassen uns einen trüben Blick in das Alter des Meisters thun. Im Jahre 1662 wendet sich der 78jährige Greis, an Schaffenskraft freilich noch ein Jüngling, aber vom Publikum nicht mehr verstanden und nicht mehr gesucht, mit einer Bitte um Unterstützung an den Magistrat seiner Stadt; dieser bewilligt ihm einen Vorschuss von 150 Gulden auf ein Jahr und jährlich 50 Gulden zum Unterhalt. Schon zwei Jahre darauf muss Hals seine Bitte erneuern, und dieses Mal setzten ihm die Väter der Stadt lebenslänglich eine jährliche Unterstützung von 200 Carolusgulden aus. Am 2. September 1666 nimmt ein ärmliches Grab auf dem Chor der Kirche von St. Bavon die sterblichen Reste des 82 jährigen Greises auf.*)

Besser und lauter als alle biographischen Notizen sprechen für den Künstler wie für den Menschen seine Werke, von welchen uns zum Glück eine ansehnliche Zahl erhalten ist — wenn auch gewiss nur der geringere Theil, da Schrevelius bereits im Jahre 1647 die „infinita προσωπα" von des Meisters Hand erwähnt und auch Houbraken die ausserordentliche Schaffenskraft desselben besonders hervorhebt.

Holland vereinigt noch fast sämmtliche grossen Meisterwerke von F. Hals, nicht etwa weil die Holländer eine Ehre darin gesucht hätten, die Werke ihres grossen Landsmannes ihrer Heimath zu erhalten, — im Gegentheil! was nicht niet- und nagelfest war, ist mit den zahllosen

---

*) Eine interessante Bestätigung dieser urkundlichen Nachrichten über Frans Hals findet sich in einem kurzen handschriftlichen Nachtrag zu einem Exemplar des Schilder Boek von K. van Mander von der Hand eines Zeitgenossen und Bekannten des Meisters, wahrscheinlich des Mathias Scheits, welchen ich als Nachtrag hiezu veröffentliche.

holländischen Privatsammlungen bis auf einen geringen Bruchtheil in das Ausland verschachert. Doch wie bei einer Reihe anderer holländischer Meister, so haben auch bei Frans Hals die Stadthäuser und die öffentlichen Stiftungen dem Lande ihre Schätze erhalten. Dadurch ist bekanntlich für Rembrandt das Museum zu Amsterdam noch immer der Mittelpunkt geblieben, obgleich es nur zwei Bilder des Meisters besitzt. In noch höherem Grade ist jedoch das erst vor einigen Jahren begründete Museum der Stadt Haarlem mit seinen acht grossen „Schutters en Regentenstukken" der wahre Mittelpunkt für Frans Hals. Da nun diese Gemälde einen Zeitraum von fast 50 Jahren umfassen, vom Jahre 1616 bis 1664, d. h. die ganze Zeit der künstlerischen Thätigkeit des Meisters, so weit wir dieselbe nach datirten Bildern verfolgen können, so bieten dieselben das geeignetste Material zur Betrachtung der künstlerischen Entwickelung unseres Meisters. Ich schliesse mich daher hier dem Vorgange von Vosmaer *) an, welchem auch Burger in seinem bereits erwähnten Aufsatze in der Gazette des Beaux-Arts gefolgt ist.

Das früheste unter jenen Bildern des Museums von Haarlem ist das Festmahl der Offiziere des Haarlemer Schützencorps zum heil. Georg. Das Bild, vom Jahre 1616 datirt, ist — soviel wir wissen — überhaupt das früheste Werk, welches uns von der Hand des Meisters noch erhalten ist. Dasselbe zeigt noch manche Verwandtschaft mit den älteren Haarlemer Meistern, namentlich mit Frans Pieter de Grebber und Cornelis Cornelissen van Haarlem, von denen das Museum zu Haarlem verschiedene grosse Portraitstücke besitzt. Mit diesen Meistern wird auch Karel van Mander mehr verwandt gewesen sein, der gleichzeitig mit ihnen und mit noch grösserem Erfolge in Haarlem thätig war, von dem sich aber leider mit Sicherheit kein irgend nennenswerthes Gemälde nachweisen lässt. Wir haben desshalb keinen Grund, die Angabe der älteren Biographen, dass F. Hals ein Schüler des van Mander gewesen sei, als falsch zu bezeichnen, zumal da in der Biographie van Mander's, welche der bereits 1618 erschienenen II. Auflage seines Schilderboek beigegeben ist, ausdrücklich Hals als einer der Schüler des van Mander aufgeführt wird. Jedenfalls ist es gewiss verfehlt, Hals, wenn er auch, wie wir sehen, in Antwerpen geboren ist, zu einem Schüler von Rubens' zu machen oder ihn auch nur als den „Colporteur von Ruben's Kunstweise nach Holland" zu bezeichnen (wie Waagen thut). Denn abgesehen von dem Umstande, dass Rubens in der Zeit, die Hals möglicherweise noch in Antwerpen zugebracht haben kann, in Italien verweilte und dort erst seine künstlerische

---

*) C. Vosmaer: Rembrandt Harmensz: van Rijn I. pag. 86 f.

Ausbildung vollendete, ist auch die Kunstweise beider Meister von vorn herein eine sehr verschiedene.

F. Hals war bereits 32 Jahre alt, als er jenes früheste uns erhaltene Werk schuf; er gehörte also nicht zu den frühreifen Genies, zu denen freilich bahnbrechende Geister nur selten zu zählen pflegen. Jedoch tritt er uns auch in diesem Bilde bereits als durchaus selbstständiger Meister entgegen, der im Anschluss an die ältere holländische Portraitmalerei, wie dieselbe in einer fast hundertjährigen Entwickelung von ihrem Altvater Joan van Scorel, dem Lehrer des A. Moro, bis auf Hals herab in den Gemälden des Haarlemer Museums vor uns liegt, sich durch eigene Studien zu völliger Freiheit durchgearbeitet hat, und zwar in einem höheren Maasse als seine älteren Zeitgenossen Mirevelt, Moreelze, Cuyp und Ravesteyn, die gleichzeitig in den Hauptorten Hollands als Bildnissmaler thätig waren. Was uns in jenen älteren Bildern bei aller Frische und Lebendigkeit der Auffassung, bei aller Breite des Machwerks noch häufig unangenehm berührt: das Fehlen jeglicher Composition, eine gewisse Gezwungenheit der Stellungen, ein allzu braunes Colorit und selbst eine bunte, unruhige Färbung — alles dies ist hier vollständig überwunden, so dass Schrevelius, welcher gerade und allein auf dieses Bild des Meisters besonders aufmerksam macht, mit gerechtem Stolz von seinem Landsmann sagen durfte: „omnes superat inusitato pingendi modo, quem peculiarem habet." Die Behandlung des Bildes ist breit und pastos, das bräunliche Colorit ist sehr warm und kräftig, die Färbung von ausserordentlicher Leuchtkraft, die Anordnung eine völlig freie und doch ungesuchte. Und nun erst die Charakteristik! Man sieht es diesen zwölf wackeren Bürgern an, dass ihnen das „Zweckessen", welchem sie sich so unbekümmert, so von ganzem Herzen hingeben, doch nicht letzter Zweck ist; wir erkennen in ihnen die Männer, welche die heldenmüthige Vertheidigung von Haarlem durchgekämpft hatten, Männer, die sich wohl bewusst sind, was sie geleistet, die aber auch ebenso bereit sind, für ihre Freiheit und ihren Glauben die Waffen wieder zu ergreifen, die sie nach 40jährigem Kampfe eben niedergelegt hatten.

Die beiden folgenden Bilder des Haarlemer Museum (No. 47 und 48) sind in demselben Jahre 1627 entstanden. Auch sie stellen wieder einen festlichen Schmaus dar, den die Offiziere der Schützencompagnie zum h. Georg und zum h. Adrian zu Ehren des Königsschusses oder des Stiftungstages veranstaltet haben; hier sind es 11 Offiziere, dort 10, denen je ein Diener beim Mahle aufwartet. In diesen Gemälden macht sich gegenüber dem Bilde vom Jahre 1616, das an lebendiger Darstellung ihnen freilich fast gleich kommt und in der Anordnung sie entschieden übertrifft, doch ein merklicher Fortschritt geltend. Das bräunliche Colorit hat hier einem hellen blonden Tone Platz gemacht, die Farben sind heller und doch ebenso leuchtend, die Behandlung ausserordentlich leicht und flott.

Aus demselben Jahre 1627 besitzt die Berliner Galerie ein kleines Bildniss des Johann Acronius in halber Figur. Noch mehr als in jenen grossen Bildern zeigt sich hier gegenüber dem frühesten mir bekannten Bildnisse in kleinem Format, dem von Suyderhoef gestochenen Portrait des bereits mehrfach erwähnten Historikers von Haarlem Theodor Schrevelius, ein ausserordentlicher Fortschritt. Während in diesem Bilde aus dem Jahre 1617 noch die der alten flamändischen und holländischen Schule gemeinsame Behandlungsweise einer braunen Untermalung, die nur mit wenig Deckfarben und dünnen Lasuren übergangen ist, in einer fast peniblen Weise festgehalten ist, ist die Behandlung in dem Berliner Bilde ebenso geistreich, die Färbung so materiel und pastos, wie die Auffassung lebendig und frappant ist.

In diese Zeit, oder wohl noch einige Jahre früher, fallen auch die ersten Genrebilder — oder richtiger die ersten genreartigen Bildnisse unseres Meisters, jene Bänkelsänger und Rommelpotspeeler, jene lustigen Kneipbrüder und ausgelassenen Courtisanen. W. Burger schreibt die Erfindung und die erste Ausübung dieses Genres dem F. Hals zu und lässt G. Honthorst, der namentlich durch derartige Darstellungen bekannt ist, dieselben dem Hals entlehnen. Ich möchte dagegen glauben, dass das Verhältniss gerade das umgekehrte ist, dass aber auch G. Honthorst erst in Italien sich diese Darstellungen angeeignet hat. Hier finden wir dieselben bereits am Ende des XVI. Jahrhunderts von M. A. da Caravaggio mit vielem Beifall behandelt und durch seine von Malern aller Länder besuchte Schule verbreitet: durch Th. Rombouts nach Flandern, durch Ribera nach Spanien, durch Valentin nach Frankreich, endlich durch G. Honthorst, Baburen, Bylaert, J. van Lis u. a. Meister nach Holland. Freilich lassen uns die Biographen ganz darüber im Unklaren, wann Honthorst sich in Italien aufhielt; doch scheint mir der Umstand, dass er im Jahre 1623 schon Vorstand der Lucasgilde in Utrecht war, darauf hinzuweisen, dass er schon seit längerer Zeit wieder in die Heimath zurückgekehrt sein musste. Doch wie dem auch sei — mag nun ein verwandtes Streben die verwandten Darstellungen in Italien, in Flandern, in Holland gleichzeitig hervorgerufen haben, oder mögen dieselben durch den Einfluss des Caravaggio, der sie zuerst und am effectvollsten behandelte, ihre Verbreitung gefunden haben — diese Gemälde, welche bei Honthorst und seinen Schülern noch heimathlose und oft selbst rohe und karikirte Gestalten aufweisen, erhalten erst durch die kerngesunde

humoristische Auffassung des Frans Hals, durch seinen geistreichen Pinsel
Fleisch und Blut, werden zu derben aber ächten holländischen Volksfiguren
voll köstlichsten Humors. Zu den frühesten Werken dieser Art gehören
u. a. die „singenden Knaben" in Cassel und ein Bild ähnlichen Gegenstandes in der Sammlung Suermondt; nach dem blonden Ton und der
etwas trockenen Behandlung, die noch an G. Honthorst erinnert, mögen
sie um das Jahr 1625 entstanden sein. Etwa aus dem Jahre 1630 ist
dann der köstliche Lautenspieler — nach Burger das Portrait des A.
Brouwer, welches kürzlich mit der Sammlung Dupper in Dordrecht in
das Museum zu Amsterdam übergegangen ist; noch um ein bis zwei
Jahrzehnte später mag die berühmte „Hille Bobbe" der Sammlung Suermondt, mögen die verschiedenen „Rommelpotspeeler" entstanden sein, die
an lebendiger Auffassung, Humor und Breite des Machwerks kaum ihres
Gleichen haben.

Doch ehe der Meister sich dieser fast schrankenlosen Freiheit über-
liess, macht derselbe noch eine Periode seiner Entwicklung durch, welche
wohl mit Recht als die Epoche seiner höchsten Blüthe betrachtet wird.
Dieselbe liegt etwa zwischen den Jahren 1630 und 1640. Diese Zeit ist
zugleich die productivste des Künstlers, und von den erhaltenen Werken,
gehören derselben fast die Hälfte an. Zwei der hervorragendsten Meisterwerke besitzt wieder das Museum in Haarlem. Das frühere, im Jahre 1633
entstandene, stellt eine Versammlung der Offiziere des Schützencorps zum
heil. Andreas dar. Dies Mal haben sich jedoch die 14 Würdenträger
nicht an der Festtafel, sondern unter den schattigen Bäumen eines Parkes
zusammengefunden. Die Gruppirung ist hier so geschmackvoll und doch
so ungesucht und einfach, die Färbung, welche in jenen beiden Bildern
vom Jahre 1627 gar zu hell, fast bunt erschien, ist durch einen kühlen
grauen Gesammton so fein harmonisch gestimmt, die Durchführung erscheint trotz aller Breite so vollendet, dass ich kein Bild des Meisters
diesem an die Seite zu setzen vermag, ja dass es unter allen Schöpfungen
der holländischen Schule wohl nur hinter Rembrandt's berühmter „Nachtwache" zurückzustehen braucht. Von gleicher Meisterschaft des Machwerkes ist auch das zweite Schützenstück vom Jahre 1639, das umfangreichste Bild des Meisters, welches nicht weniger als 19 Mitglieder des
Schützencorps zum heil. Georg enthält, unter denselben auch den Meister
Frans Hals selbst. Leider beeinträchtigt den vollen Genuss des Bildes die
Art der Anordnung, indem nämlich die Figuren in zwei Reihen überein-
ander wie aufmarschirt dastehen. Von gleicher Vollendung und von
gefälligerer Anordnung ist ein anderes grosses Schützenstück im Stadthause zu Amsterdam aus dem Jahre 1637.

Neben diesen unübertroffenen Darstellungen einer lebensfrohen und selbstbewussten, aber auch stolzen und schroffen Männerwelt verdanken wir dieser Zeit des Meisters auch einige weibliche Bildnisse von grösster Anmuth und zartester Weiblichkeit. Das schönste Beispiel derselben, eine der reizendsten Schöpfungen des Pinsels, ist das Bildniss eines jungen Mädchens aus der Haarlemer Patrizierfamilie van Berensteyn, nebst zwei anderen Portraits vom Jahre 1629 und einem grossen Familienbildnisse aus derselben Zeit, einem wahren Meisterwerke in der leuchtenden Färbung und dem blonden Ton dieser Periode im Besitze der Berensteyn'schen Stiftung zu Haarlem. Naive Kindlichkeit ist hier mit einem vornehmen Wesen in Haltung und Ausdruck so wunderbar gepaart, die kräftigen und tiefen Farben der malerischen Tracht sind so harmonisch zusammengestellt, in einen so feinen Ton gehüllt, dass Burger in seiner lebendigen Beschreibung des Bildes zugleich Rubens und van Dyck, Velazquez und Rembrandt darin zu sehen glaubt und doch den Frans Hals allein und ganz darin erkennt.

Wenn wir im Museum von Haarlem nur die bisher besprochenen Schützenstücke des Meisters gesehen haben, werden wir plötzlich erstaunt vor einem Bilde stehen bleiben, das uns freilich — wie jedes Bild des Frans Hals, den Namen seines Meisters sofort entgegenruft, das uns aber in vielen Beziehungen fremdartig erscheinen wird. Woher dieses eigenthümliche Helldunkel? woher der warme, fast goldige Ton? woher diese charakteristischen Eigenschaften eines Rembrandt in einem Bilde des F. Hals, welches 1641, also nur zwei Jahre nach jenem grossen Schützenstücke von 1639 entstanden ist? Unter dem frischen Eindrucke, welchen mir dies Bild bei meinem ersten Besuche der Sammlung machte, notirte ich mir in meinem Katalog: „Vorahnung von Rembrandt's Staalmeesters" im Museum von Amsterdam (vom Jahre 1661), und, wie ich später erfuhr, hatte das Bild denselben Eindruck auch auf Vosmaer und Burger gemacht. Uebrigens steht dieses Bild unter den Werken des Meisters nicht allein da; schon seit dem Jahre 1635 lässt sich in verschiedenen Bildnissen ein grösserer oder geringerer Einfluss von Rembrandt's Kunstweise erkennen, welcher gerade um diese Zeit für die Richtung der gesammten holländischen Malerei bestimmend zu werden beginnt. Dahin gehören namentlich zwei weibliche Bildnisse im Museum zu Frankfurt und im Museum van der Hoop zu Amsterdam, letzteres aus dem Jahre 1639.

Doch ist der Einfluss Rembrandt's, welcher in jenem Bilde der Vorsteher des Elisabethstiftes vom Jahre 1641 am stärksten sich geltend macht, nur ein vorübergehender; er bildet für Hals gleichsam nur das Durchgangsstadium, die Anregung für eine neue Richtung seiner künstlerischen Entwicklung, welche derselbe von jetzt an beibehält und bis zu seinem Tode nur mehr und mehr fortentwickelt. Das Streben nach einer möglichsten Vereinfachung der Färbung wie des Machwerkes macht sich in den Bildern dieser Periode des Meisters immer stärker geltend; ein kühler grauer Ton des Colorits wird vorherrschend, mit welchem Hals die dunkle Färbung der Kleidung, wie sie in dieser Zeit allgemein Mode wird, in vortreffliche Harmonie zu bringen weiss. Bis zu welcher Consequenz der Meister diese Richtung verfolgte, welche eine interessante Analogie in Rembrandt's Entwicklung seit dem Jahre 1655 hat, beweisen zwei Gegenstücke im Haarlemer Museum aus dem Jahre 1664, die letzten uns bekannten Bilder des Meisters, welche die Vorsteher und die Vorsteherinnen des Oude-Mannen-Huis in Haarlem darstellen. Der Katalog des Museums nennt diese Bilder „unvollendet"; allein der Vergleich mit anderen Bildnissen aus dieser Epoche beweist uns, dass Hals diese Bildnisse, welche an Breite des Machwerks allerdings Alles übertreffen, was uns Hals, ja was uns irgend ein Künstler hinterlassen hat, für vollendet hielt und halten konnte. Denn der bekannte Ausspruch Rembrandt's, dass ein Bild vollendet sei, sobald die Absicht des Meisters darin erreicht sei, gilt im vollsten Maasse für diese beiden Bilder. Mit welcher Sicherheit sind hier die Formen nur in ihren allgemeinsten aber auch characteristischsten Zügen hingeschrieben; wie geistreich ist mit der flüchtigsten Andeutung doch das nothwendigste Maass der Färbung gegeben! Wahrlich eine wunderbare Frische des Geistes, eine erstaunliche Sicherheit der Hand wohnte noch in dem 80jährigen Greise! Freilich, wie der Meister selbst als ein Ueberrest einer vergangenen thatenvollen und erhabenen Zeit fremdartig in diese mehr und mehr in Wohlleben und Charakterlosigkeit versinkende Zeit hinein ragt, so stehen auch diese Werke der Welt, die sie umgab, schon fremd gegenüber. Der derbe Pinsel des Meisters hatte nicht zu schmeicheln gelernt; und es scheint uns fast, als schaute die junge elegante Welt, die zierlich gelockten Dämchen in jenen Bildern erschrocken und ängstlich über das schmutzige, zerfetzte Gewand, in welches sie der alte Meister gekleidet — sie, die nur an die geleckte, delicate Hülle eines F. Mieris und C. Netscher gewöhnt sind.

Ehe ich näher auf den Charakter und die Bedeutung der Werke des Meisters eingehe, will ich es versuchen in möglichster Kürze eine Uebersicht über die erhaltenen Werke zu geben und zwar mit besonderer Berücksichtigung der in Deutschland vorhandenen Bilder, da Burger in seiner Besprechung einen Theil derselben nur flüchtig oder überhaupt nicht erwähnt.

Die hervorragenden Meisterwerke, welche Holland noch besitzt, habe ich soeben näher besprochen. Dazu kommen noch folgende mir bekannte Werke: Haarlem besass ausser den sechs grossen Bildnissen des städtischen Museums und den vier Portraitstücken aus der Familie van Berensteyn iu der Berensteyn'schen Stiftung bis vor Kurzem in dem Hofje van Heythuysen das kleine Bildniss des Stifters in ganzer Figur, der, behaglich in einen Sessel gelehnt, mit seinem spanischen Rohrstöckchen spielt, wohl das vollendetste, wirkungsvollste Werk dieser Art, welches wir besitzen. Dasselbe ist vor einigen Monaten für die Summe von 22000 Francs in den Besitz des Museum zu Brüssel gelangt. In Haarlem besitzt ausserdem Dr. van der Willigen zwei männliche Portraits, von denen das eine durch seine ausserordentliche Breite ausgezeichnete Bildniss der spätesten Zeit einen Schüler des F. Hals, Vincent Laurens van der Vinne darstellt. In Amsterdam haben wir bereits das prachtvolle Schützenstück vom Jahre 1637 in dem dortigen Stadthause erwähnt; das Museum besitzt ausser jenem köstlichen Lautenspieler, der erst vor Kurzem durch das Dupper'sche Legat erworben ist, noch ein ausserordentlich wirkungsvolles Brustbild eines jungen Mannes und das schon durch seinen Gegenstand höchst interessante Bildniss von Hals und seiner zweiten Frau, welches wahrscheinlich kurz nach der Vermählung im Jahre 1616 entstanden sein wird, ein Bild, das uns ebenso durch seine liebenswürdige, heitere Auffassung wie durch die kräftige Behandlung anspricht, welche noch sehr an das grosse Schutterstuk vom Jahre 1616 erinnert. Die Sammlung des Herrn Six in Amsterdam, auch jetzt noch die bedeutendste Privatsammlung Hollands, nachdem im Jahre 1852 ein Theil derselben und darunter auch das ebenerwähnte Meisterwerk des F. Hals auf Auctionswege verschleudert ist, besitzt noch zwei vortreffliche Bilder aus der mittleren Zeit des Meisters: das Brustbild eines jungen Mannes und das kleine Bildchen eines Lautenspielers, welche Burger in seinem Verzeichnisse übersehen hat. Auch ein vortreffliches männliches Bildniss der Sammlung van Blockhuysen zu Rotterdam aus dem Jahre 1645 lässt derselbe unerwähnt, welches Anfangs vorigen Jahres mit jener Sammlung versteigert ist. Das weibliche Bildniss im Museum van der Hoop zu Amsterdam habe ich bereits oben besprochen. Die öffentliche Sammlung im Haag, sonst so reich an Meisterwerken der holländischen Schule, besitzt kein Bild von Hals; dagegen finden wir in der Galerie des Herrn Neville Goldsmith zwei höchst interessante Bilder: ein männliches Porträt vom Jahre 1663 von grösster Bravour und ein vortreffliches Exemplar des durch Stiche und Schulcopien bekannten „Rommelpotspeeler." Wenn auch diese Musik unser modernes Ohr wenig erquicken würde, das Entzücken und die heitere Stimmung, in welche dieselbe die umstehenden Gassenbuben

[illegible] ... Mauerwerk und
[illegible] ... Eine [illegible] wird etwa gleichzeitig mit
[illegible] ... im [Jahre] [illegible], mit den Bildnissen
[illegible] ... und [illegible] in reichem Kostüm, die
[illegible] ... der [Behandlung] doch die gewohnte grandi-
[illegible] ... Die kleinen Brustbilder von zwei Männern
[illegible] ... aus dem guten Ton der späteren Zeit ge-
[illegible] ... etwa aus dem Jahre 1650 stammen. Mindestens um
[illegible] ... später scheint mir das letzte Gemälde der Sammlung
[illegible] ... zu sein. Das Brustbild eines jungen Mannes in schwarzer
[illegible] ... breitrandigem Hut, der nachlässig über die Rückseite eines
[illegible] ... mit seinem liebenswürdigen Lächeln unwiderstehlich den
[illegible] ... Die meisterhafte Radirung, welche W. Unger von
[illegible] ... diesem Bildnisse [illegible] vollendet hat, giebt einen Begriff davon, mit wie

unglaublich wenig Mitteln Hals hier die grossartigste Wirkung erzielt hat. Zwei Bildnisse, welche früher im Privatbesitze zu Cassel sich befanden, sind durch den leichtsinnigen Besitzer der dortigen Akademie vermacht, wo sie jetzt zum Spielball der Restaurir-Scherze (von Künsten kann man hier nicht mehr sprechen) der Herren Lehrer und Schüler dienen. Das männliche Portrait ist vom Jahre 1635, das weibliche erst von 1640 datirt; beide müssen früher von lebensvoller Wirkung gewesen sein. — Vier Bildnisse unseres Meisters, welche das Berliner Museum besitzt, gehören zu den spätesten aber glücklichsten Acquisitionen desselben: zwei derselben, die Brustbilder eines jungen Mannes und seiner Gemahlin, zählen durch die frische, heitere Färbung, die lebensfrohe Auffassung zu den schönsten Bildern der früheren Zeit. Sie mögen etwa gleichzeitig mit zwei kleinen Bildnissen entstanden sein, von denen das eine vom Jahre 1627 datirt ist. Es stellt den würdigen Professor Johannes Acronius dar, der, einen schweinsledernen Codex in der Linken, mit der Rechten so lebendig demonstrirt, als ob er auf dem Katheder stände, — in seiner trocknen aber breiten Behandlung ein ebenso lebendiges Bild eines thätigen Alters, wie das Gegenstück, das Brustbild eines vornehmen jungen Mannes in reicher Tracht, durch seine flüssige Behandlung, durch seine flotte Auffassung ein köstliches Abbild einer lebensfrohen, kerngesunden Jugend! Ein weibliches Portrait aus der mittleren Zeit des Meisters befindet sich bis jetzt noch in den Vorräthen der Sammlung. Im Privatbesitz zu Berlin ist mir noch ein tüchtiges Bildniss einer Dame aus dem Jahre 1638 bekannt. — Der Katalog der Dresdener Galerie führt unter dem Namen F. Hals vier Bildnisse auf. Zweifellos ächt, wenn auch wenig bedeutend, erscheinen mir nur zwei derselben in kleinem Format, welche bis vor Kurzem mit Unrecht als Selbstportraits des Meisters bezeichnet waren. Ein drittes Portrait in derselben Grösse ist für ein Werk des Hals etwas kleinlich in der Auffassung, während endlich das grosse weibliche Bildniss, welches unter seinen Namen geht, mit F. Hals durchaus Nichts gemein hat. — Zwei Bildnisse von besonderer Schönheit besitzt die Galerie zu Gotha: das Brustbild eines jungen Mannes (VIII 40.) ist ebenso durch sorgfältige Durchführung und Feinheit des Tones ausgezeichnet, wie ein zweites männliches Bildniss (VIII. 25.) durch Bravour und Einfachheit der Färbung. Burger muss die Gothaer Sammlung nicht gekannt haben, sonst würde er dies Meisterwerk aus der spätesten Zeit des F. Hals nicht nach dem Vorgange des Katalogs als Th. de Keyser aufgeführt haben, ebenso wie er die Bezeichnung eines höchst mittelmässigen weiblichen Portraits (VIII. 64.) als Hals für irrthümlich erkannt haben würde. — Das Städel'sche Museum zu Frankfurt hat unter seiner kleinen aber gewählten Zahl von Meisterwerken aller Schulen auch einige vortreffliche Bildnisse von Hals erworben. Ich habe bereits das grosse Portrait einer holländischen Dame erwähnt, das nach seiner auffälligen Verwandtschaft mit Rembrandt'schen Bildnissen etwa in die Zeit von 1635 bis 1640 zu setzen ist. Aus derselben Zeit — und zwar aus dem Jahre 1638 — datiren zwei andere Bildnisse, welche noch aus der Sammlung des Stifters Staedel stammen; es sind die Brustbilder eines jungen Holländers und seiner Gemahlin, so frisch, so lebendig und doch schon von einer solchen Einfachheit und Breite des Machwerkes, wie selten in dieser Zeit. Das kleine Bildniss eines jungen 24jährigen Cavaliers vom Jahre 1624, welches als eine „Nachahmung des A. van Dyck" bezeichnet ist (Nr. 120), ist von so frischer Auffassung, jenem Bildniss in Berlin vom Jahre 1627 so nahe verwandt, dass ich es für ein durchaus ächtes Bild des F. Hals halten möchte, wenn auch die Behandlung, soweit die ungünstige Stelle des Bildes ein Urtheil erlaubt, noch nicht so frei und leicht ist als in dem Berliner Portrait. — Die grossherzogl. Sammlung in Schwerin besitzt ausser einem sorgfältiger als gewöhnlich durchgeführten Portrait, welches der Katalog unter dem Namen A. van Dyck aufführt, die Rundbilder eines jungen Zechers und eines Flötenbläsers; die lustigen Kerlchen haben beide einen Augenblick ihr Geschäft unterbrochen, um all' den Lachstoff, den sie in sich haben aufsammeln müssen, einmal herzlich auszuschütten. Ein ganz verwandtes Rundbild eines heiteren Jungen, der eine Flöte in der Hand hält, besitzt Herr Suermondt in Aachen, wie jene Schweriner Bilder eine derbe und flotte Studie nach der Natur aus der früheren Zeit des Meisters. Dieser Zeit gehört auch ein anderes Bild derselben Sammlung an, das Brustbild eines singenden Knaben, der zu seinen künstlerischen Productionen selbst den Capellmeister abgiebt. Auch das kleine Bildniss eines vornehmen alten Herrn, das ausnahmsweise, wie auch das Bild des Jünglings in der Berliner Sammlung, auf Kupfer gemalt ist, besitzt eine grosse Anziehungskraft. Aber wer vermag diesen Bildern die nöthige Aufmerksamkeit und Anerkennung zu zollen, wo neben denselben eine Schöpfung des Meisters hängt, welche an Bravour des Machwerks, an derb humoristischer Auffassung unter den Werken der Meister aller Schulen kaum ein Gegenstück finden möchte! Die Hille Bobbe, die wüste Matrosenmutter von Haarlem, — ein Bild, das wir ebenso ungern als charakteristischen Volkstypus wie als malerische Schöpfung entbehren möchten — hat bereits unter den Kunsthistorikern so viel begeisterte Bewunderer gefunden, ist durch Flameng's Radirung und von der Ausstellung zu München noch so lebhaft in der Erinnerung aller Kunstfreunde, dass uns eine nähere Beschreibung dadurch erspart sein wird. — Unter den norddeutschen Sammlungen besitzt nur eine, das Museum zu Braunschweig, ein Bildniss in ganzer Figur, welches als F. Hals gilt und allgemein bekannt ist. In der That hat diese prächtige Gestalt eines würdigen alten Patriziers, angeblich eines Herrn van Ruyter, eine so treffende Charakteristik, eine solche Lebendigkeit, dass man zunächst an Hals denkt; und namentlich wenn man das Bild auf seinem alten Platze in der schwachen Beleuchtung gesehen hat, begreift man dass ausserordentliche Lob, welches Burger diesem Bilde als einem Werke ersten Ranges des F. Hals gespendet hat. Jetzt hat das Bild einen günstigeren Platz bekommen, aber entschieden zu seinen Ungunsten; in der hellen Beleuchtung fällt sofort ein Widerspruch der lebendigen Auffassung mit der Technik auf, mit einer gewissen Kleinlichkeit der Mache, mit einer Unsicherheit der Zeichnung, einem Mangel an Haltung, wie wir ihn in keinem Bilde des Meisters finden. Das Bildniss ist gewiss werth, auch fortan einen würdigen Platz unter den zahlreichen Schätzen jener Sammlung einzunehmen, nicht aber als ein F. Hals, sondern nur als das Werk eines durch ihn beinflussten Meisters, vielleicht des Jan de Bray. Diesen Eindruck wird auch Unger's Radirung bestätigen, welche das Original treu wiedergiebt. — Das entgegengesetzte Schicksal verdient dagegen ein Bild der Münchener Galerie, jenes grosse Familiengemälde, welches man in neuerer Zeit dem Hals hat absprechen wollen. Otto Mündler nennt es in seiner bekannten und meisterhaften Kritik des Margraff'schen Kataloges das Werk eines Flamänders, vermuthlich des Martin Pepyn, und zwar will er in den Bildnissen die Familie des bekannten Thiermalers Snyders wiedererkennen. Auch Burger stimmt ihm in der letzteren Ansicht bei, vermuthet aber, ohne mit Bestimmtheit dem Hals das Bild absprechen zu wollen, dass es von der Hand des Cornelis de Vos herrühre. Nachdem das Bild jetzt unter der neuen Direction endlich einen guten Platz bekommen hat, würden wohl beide Kenner ihr altes Urtheil reformiren und Waagen zustimmen, welcher das Bild stets für ein Hauptwerk des Meisters erklärte. Allerdings hat dasselbe Eigenthümlichkeiten, durch welche es von fast allen Werken des Meisters mehr oder weniger abweicht. Zunächst schon in der Färbung: die gebrochenen Farben in den Kleidern der Kinder, die leuchtende Färbung des landschaftlichen Hintergrundes erinnern auffallend an die späteren Bilder des Rubens. Auch bietet das Bild in sich Widersprüche; während das Ehepaar, das in der Mitte gruppirt ist, bei aller Breite und kräftiger Färbung mit grosser Liebe durchgeführt ist und sich meisterlich auf dem Grunde eines violetten Vorhanges abhebt, sind die Kindergruppen zur Rechten und Linken der Eltern etwas flau und flach und stehen hart und unvermittelt auf dem architektonischen Hintergrunde. Und doch spricht aus dem Ganzen sofort die Hand und der Geist des F. Hals, seine frappante Auffassung, seine flotte Behandlung. Die auffallend decorative Wirkung des Bildes lässt sich wohl aus dem Orte erklären, für welchen es bestimmt war. Und wenn uns nicht alles in dem Bilde befriedigt, so müssen wir berücksichtigen, dass dasselbe der früheren Zeit des Meisters, etwa dem Jahre 1625 angehört, also noch früher entstanden ist als das bereits mehrfach erwähnte Bild der Familie Berensteyn in Haarlem, mit welchem es grosse Verwandtzchaft zeigt, ohne es jedoch völlig zu erreichen. In dem Portrait des Mannes vermag ich Nichts von den durch van Dyck's Bildniss allgemein bekannten Zügen des F. Snyders zu erkennen; wir werden vielmehr auch hier die Familie eines angesehenen Haarlemer Patriziers vor uns haben. Eine Bemerkung will ich nicht unterdrücken, die ich bei meiner letzten Anwesenheit in München vor diesem Bilde zu machen glaubte, obgleich ich sie nicht habe selbst controliren können. Die Bildnisse der Kinder erinnerten mich sofort an die Portraits eines Jungen und eines Mädchen mit einem Korbe voll Blumen und Früchten in der Casseler Galerie (Nr. 298. 299), im Katalog sicher mit Unrecht van Dyck genannt; die Aehnlichkeit der Physiognomien, der Stellungen und namentlich auch des Machwerks brachten mich auf den Gedanken, dass auch diese Bilder von Hals herrühren könnten. Leider hängen sie sehr ungünstig auf einer dunklen Fensterwand. Es scheint mir hier am Orte, auf ein anderes vorzügliches Portraitstück hinzuweisen, welches ich nicht mit Sicherheit dem Hals zuzusprechen wage. Es befindet sich in der fast unbeachteten öffentlichen Sammlung zu Innsbruck, welche freilich nur eine kleine Anzahl von Bildern enthält, darunter aber eine Reihe von Meisterwerken der holländischen Schule. Es ist dies ein Familienbild, welches ein altes und ein junges Ehepaar darstellt, die sich zum Mahle· versammelt haben. Die Figuren sind hier weniger bewegt, einfacher gegeben, als wir es bei F. Hals gewohnt sind; und doch sind sie so lebendig und sprechend im Ausdruck, die sorgfältige Behandlung ist so sicher und pastos, das Colorit so kräftig und leuchtend, dass ich keinen anderen Meister dafür zu nennen vermag, als gerade Hals. Darin bestärkt mich noch der Umstand, dass das Bild, welches nach den Kostümen und der Behandlung etwa um das Jahr 1620 entstanden sein muss, auffallende Verwandtschaft mit jenem frühesten Schützenstücke unseres Meisters aus dem Jahre 1616 zeigt. Die jetzige Benennung des Bildes als Bartholomäus van der Helst stammt noch aus der Zeit, wo man diesen Meister als Collectivbegriff für alle nicht genau bestimmbaren niederländischen Portraits behandelte, wie denn noch heute der Katalog der Münchener Galerie, welche keinen einzigen ächten van der Helst besitzt, Bilder von Cornelis de Vos, Willem Honthorst und Mierevelt unter seinem Namen aufführt.

Die reichen Gemäldesammlungen Wien's besitzen freilich nur einige wenige Bilder unseres Meisters, von denen jedoch mehrere zu seinen bedeutendsten Werken gehören. Verhältnissmässig am wenigsten hervorragend ist das einzige Bild des Belvedere, welches mit Ausnahme einiger guter Bilder von Rembrandt und des bedeutendsten Meisterwerkes von Jacob Ruisdael an hervorragenden Werken der Holländischen Schule sehr arm ist. Jenes Bildniss von Hals stellt einen jungen Mann dar, der in der Linken einen Handschuh hält. Es mag etwa um das Jahr 1650 entstanden sein und galt merkwürdiger Weise bis vor Kurzem als Teniers. Das Bildniss eines Jünglings, welches diesem Bilde sehr verwandt ist und nur wenig später entstanden sein kann, befindet sich in der Sammlung des Herrn van Haanen. Das imposanteste Gemälde, welches mir in Deutschland von der Hand des Meisters bekannt ist, besitzt die Sammlung des Fürsten Lichtenstein. Burger hat dies Bildniss eines holländischen Cavaliers in ganzer Figur zuerst als ein Werk des F. Hals erkannt, während es bis dahin als van der Helst ging. Es wundert mich jedoch dass Burger nicht sofort in dem Bilde auch die Persönlichkeit des Willem van Heythuisen erkannt hat, den er doch aus den anderen Portraits in Haarlem und Paris kannte, und zumal er selbst ein lebensgrosses Bildniss dieses Mannes in ganzer Figur aufführt, welches im Jahre 1800 auf der Auction einer Wittwe Oosten de Bruyn zu Haarlem für 51 Gulden versteigert wurde, und das in Beschreibung und Maassen mit dem Bilde bei Lichtenstein übereinstimmt. Heute würde dasselbe freilich kaum mit dem 1000fachen Preise entsprechend bezahlt sein. Inmitten der lebensfrischen breitesten Bildnisse eines Rubens und der elegantesten Portraits eines van Dyck fällt der Blick des Beschauers doch wieder und wieder auf diese markige selbstbewusste Gestalt, an welcher jeder Zoll den vornehmen, reichen Patrizier kennzeichnet, der sich bewusst ist, dass unter seiner Mitwirkung die Freiheit des Vaterlandes erkämpft wurde, dass seine Schiffe von den fernsten Küsten die Erzeugnisse der Fremde in die Heimath bringen oder als Kreuzer dem spanischen Erbfeinde Vernichtung drohen, dass er selbst als Mitglied der Staaten von Holland eine entscheidende Stimme mitzureden hat in den Sachen des Vaterlands, in den Angelegenheiten der Welt. Diesem Meisterwerke aus der Blüthezeit des Künstlers (zwischen 1630 und 1635), das bei aller Bravour der Conception und Erscheinung eine so liebevolle Durchführung aufweist, dass sich das Machwerk als solches fast ganz verleugnet, schliessen sich zwei Bildnisse in der Galerie des Herrn Gsell gerade durch ihre bewunderungswürdige Technik ebenbürtig an. Das frühere derselben ist das Bildniss eines Mannes von 36 Jahren in reichem schwarzen Sammtanzuge, das breiteste Portrait, welches mir aus dieser Zeit — es ist vom Jahre 1634 datirt — bekannt ist. Und doch erscheint es noch sorgfältig durchgeführt neben dem andern Bilde, neben dem Portrait eines Herrn in mittleren Jahren, welcher, den Kopf mit dem breiten Klapphute bedeckt, einen kurzen Mantel sich straff um den Leib gezogen hat. War jenes Bildniss schon in breiten, grossen Massen wiedergegeben, so scheint hier Alles nur mit breiten Pinselstrichen fast unvermittelt neben einander gesetzt zu sein; herrschte dort schon ein aussergewöhnlich kühler, aber kräftiger grauer Ton, so ist dies Bild fast „grau in grau" behandelt. Aber wie fein ist die ganze Scala des Grau darin durchgemacht und auf diese Weise doch eine farbige Wirkung erzielt. Wie lebensvoll ist der Ausdruck, wie vortrefflich die Modellirung in jenen breiten Pinselstrichen gegeben! Unter den Meisterwerken der spätesten Zeit verdient dies Bild gewiss seinen Platz unmittelbar neben dem Portrait des jungen Mannes im Belvedere zu Cassel. Herr Gsell besitzt auch noch ein sehr schönes Exemplar des Rommelpotspeeler, zwar in kleinem Maasstabe, aber wahrhaft gross in lebendigem humoristischem Ausdruck und meisterhafter Technik. Des kleinen Portraits von Th. Schrevelius in derselben Sammlung habe ich schon früher Erwähnung gethan.

Die Galerien anderer Länder sind mit Ausnahme derer von Paris und Petersburg arm an Bildern des Frans Hals.

In Belgien besitzt die Sammlung des Herzog von Arenberg in Brüssel einen „lustigen Zecher" voll guter Laune und breitem Machwerk. Ausserdem kenne ich nur noch ein grosses männliches Bildniss der späteren Zeit in der Sammlung des Herrn Cremer zu Brüssel.

In England, das früher nach einer Reihe von Blättern in schwarzer Kunst zu urtheilen, welche englische Stecher im vorigen Jahrhundert nach Bildern unseres Meisters in englischen Sammlungen ausgeführt haben, eine ansehnliche Zahl guter Werke besessen haben muss, führt Waagen (in seinen Treasures) nur ein einziges Bildniss in Buckingham Palace auf.

Spanien und Italien besitzen — soviel ich weiss — kein ächtes Bild von der Hand des Meisters.

Die Sammlung der Eremitage in Petersburg enthält dagegen fünf Bildnisse von Hals, die nach Waagen's näherer Beschreibung von hervorragender Bedeutung sein sollen.

Die öffentlichen Sammlungen in Frankreich enthielten bis vor Kurzem freilich nur ein Werk des Meisters, nämlich das historisch höchst interessante Bildniss von Descartes, welches kurz vor seinem im Jahre 1650 erfolgtem Tode gemalt ist. Durch die reiche Stiftung der Sammlung Lacaze hat das Louvre im vorigen Jahre ausser zwei Bildnissen noch die breite Studie einer wüsten Dirne erworben, welches Flameng als würdiges Gegenstück zur Hille Bobbe der Sammlung Suermondt gestochen hat. Wie Herr Lacaze, so haben eine Anzahl von Privatbesitzern in Paris, eine ganze Reihe von Meisterwerken des F. Hals in ihren Sammlungen vereinigt, von welchen Burger in seiner Besprechung eingehendere Nachricht giebt. Hier nur eine kurze Uebersicht über dieselben; denn da auch sonst die reichen Kunst-Schätze, welche in Paris aufgehäuft sind, ihre Besitzer häufig wechseln, so werden namentlich die jetzigen politischen Verhältnisse auch in den Kunstsammlungen grosse Veränderungen hervorrufen.

Der Marquis Hertford, dessen grossartige Sammlungen nach seinem kürzlich erfolgten Ableben in den Besitz von Maurice Richard übergegangen sind, hatte aus der Sammlung Pourtalès das köstliche Bildniss eines jungen reich gekleideten Holländers (vom Jahre 1624) für 50,000 Frs. erworben. Kurz darauf erstand James Rothschild aus der Sammlung van Brienen eine Wiederholung nach dem wundervollen kleinen Bildniss des Herrn W. von Heythuisen in Haarlem, welches ich bereits erwähnt habe, für die Summe von 35,000 Frs. Seitdem gehörte es in Paris zum guten Tone, Bildnisse von der Hand des F. Hals und zwar um jeden Preis zu acquiriren. In der Sammlung Double befindet sich noch ein kleines Portrait desselben Herrn van Heythuisen in halber Figut, welches J. Jacquemart für die Gazette des Beaux-Arts sehr kräftig radirt hat. In den Galerien Gigoux und J. Pereire führt Burger je 1, bei Herrn Lavalard 2 Bildnisse von Hals auf. Der Graf Mniszech besitzt ausser einer vortrefflichen Wiederholung der Rommelpotspeeler vier grosse Bildnisse, von denen zwei aus dem Jahre 1643 datirt sind. Die Sammlung des Herrn Oudry, welche im Jahre 1869 versteigert wurde, zählte sogar — wenn ich mich recht erinnere — sieben Gemälde von der Hand des Meisters, unter welchen genreartige Portraits die Mehrzahl bildeten. Endlich besass Burger selbst ein köstliches Bildniss von dem bekannten Jan Barentz, dem Schuster von Haarlem und zugleich Lieutenant des Admirals Tromp, wenn es galt, das Vaterland gegen die Flotten des Feindes zu vertheidigen — eine Gestalt, wie sie nur jene Zeit hervorbringen, und wie sie nur Hals uns so treu und charakteristisch wiedergeben konnte: den hohen Klapphut im Nacken, in eine schlichte Jacke gekleidet lächelt er seelig das hohe

Weinglas an, das er im Begriff ist zum Munde zu führen mit Händen
zum Entern wie zum Schustern gleich geschickt.

Der Ueberblick über die Werke des Frans Hals dient uns zur
Grundlage, um daraus das Bild des Künstlers zu gewinnen.

Es wird uns zunächst sofort die Beschränktheit und Einseitigkeit
des Meisters in Bezug auf die Wahl seiner Stoffe, eine nicht zu leug-
nende Armuth der Erfindung ins Auge fallen. Frans Hals ist ausschliesslich Bildnissmaler, selbst seine Studien aus dem Volksleben
sind nur genreartige Bildnisse. Mögen wir den Grund dieser Eigenthümlichkeit in der Individualität des Künstlers finden oder in dem ge-
steigerten Verlangen des holländischen Publikums, sich portraitiren zu
lassen — Beides ist ja nur ein Ausfluss der Zeit, und in dieser werden
wir daher auch die wahre Begründung von dieser Einseitigkeit des Frans
Hals zu suchen haben. Wir sahen, wie die historische Malerei in Holland
auf den verkümmerten Traditionen basirte, welche sie aus Italien em-
pfangen hatte, wie sie aber trotzdem so tiefe Wurzeln geschlagen hatte,
dass sie noch lange Zeit als die wahre und die grosse Kunst gelten
konnte. Die bedeutenden Talente wenden sich daher der unmittelbaren
Darstellung der Natur, namentlich der Bildnissmalerei zu, welche immer
da zur Blüthe gelangen und die grössten Meister beschäftigen wird, wo
ein Volk durch eigene Kraft sich rasch emporgearbeitet hat und zur Er-
kenntniss seines Werthes gekommen ist. Gerade dieses mit der schroffsten
Individualität gepaarte und aus derselben entsprungene Selbstbewusstsein
haben wir aber als den Grundcharakter des holländischen Volkes kennen
gelernt; was Wunder also, dass man im eigenen Ich, dem man alle
Errungenschaften verdankte, den würdigsten Gegenstand der malerischen
Darstellung erblickte, und dass gerade die hervorragendsten Talente sich
der Schilderung des Bildnisses zuwandten! Hatten doch auch gerade in
der Portraitmalerei sich die altniederländischen Traditionen am stärksten
erhalten, und hatte hier der italienische Einfluss nur günstig zur Befreiung von der alterthümlichen Befangenheit der Darstellung beigetragen,
wie wir aus den Bildnissen des Scorel und seines berühmten Schülers
Antonis Moro erkennen.

Dieser ausgeprägte Individualismus seines Volkes, welcher Frans
Hals zum Bildnissmaler schuf, ist es zugleich, den der Meister in seinen
Portraits verkörpert zur Darstellung bringt, den er treffender auffasst,
geistreicher wiedergiebt als irgend ein Zeitgenosse seines Landes. Nur

ein wahrhaft grosser Künstler ist im Stande, seinen Bildnissen mit Beibehaltung der persönlichen Eigenthümlichkeit zugleich den allgemeinen Charakterzug seiner Zeit, seines Landes aufzuprägen; gerade diesen lebendig auszudrücken, und nicht etwa vor Allem durch Festhalten an kleinen und kleinlichen Aeusserlichkeiten eine täuschende Aehnlichkeit zu erzielen, wird sein höchstes Streben sein. Der Grad, im welchem Frans Hals dieses Ziel erreicht hat, sichert demselben seinen Platz unter den grössten Bildnissmalern aller Zeiten.

Die moderne holländische Malerei hat es versucht, die hervorragendsten Momente aus der grossen Vergangenheit Holland's, namentlich aus dem Befreiungskampfe in umfangreichen historischen Bildern zu verewigen. Aber alle diese Producte einer künstlichen Begeisterung und Reflection geben uns den Geist jener grossen Zeit nicht so gut wieder als ein einziges Bildniss von der Hand des Frans Hals. Mögen seine Männer versammelt sein, um sich gemeinsam in den Waffen zu üben oder zur Berathung über das Wohl des Vaterlandes, mag der Meister sie uns beim öffentlichen Festgelage oder im trauten Kreise der Familie schildern, es sind Männer in den Gefahren des Krieges und des Meeres aufgewachsen, welche gern alles daran setzen, wo es gilt, ihre Ueberzeugung, Freiheit und Glauben — aber auch ihren Vortheil durchzukämpfen; wir sehen ein Geschlecht vor uns voll der stärksten Leidenschaften, die aber ein scharfer Verstand, eine eiserne Willenskraft zu zügeln und zu leiten wissen. Aehnlich die Fauenbildnisse des Frans Hals: Ihre hausbackenen Physiognomien verrathen uns freilich, dass sie als gute Ehefrauen dem Hauswesen vorzustehen, die Schranken der Weiblichkeit einzuhalten wissen; und doch sprechen ihre Züge zugleich aus, dass sie ein Verständniss haben für die heilige Sache, für welche ihre Ehemänner so oft ihr Leben einsetzten. Eine tiefere gemüthvolle Innerlichkeit geht freilich diesen Gestalten meist ab; aber wir vermissen dieselbe nicht, sie würde nicht hineinpassen in das Bild dieser thatkräftigen Verstandesmenschen mit ihrer schroff ausgeprägten Individualität, ihrem naiven Selbstbewusstsein.

In den zahlreichen Genrebildern des Frans Hals, von denen uns leider nur ein geringer Theil erhalten ist, spricht sich ein ganz ähnlicher Charakter aus, und zwar in so hohem Maasse, dass wir hier — wie ich bereits oben ausgeführt habe — nur uneigentlich von Genrebildern reden können. Jene meist lebensgrossen Figuren von singenden und spielenden Knaben, von Musikanten, von Händlern, ausgelassenen Kneipbrüdern und losen Dirnen sind in der That Bildnisse aus den unteren Schichten des Volkes, deren toller unverwüstlicher Humor aus derselben Quelle stammt wie das kecke vornehme Selbstvertrauen, welches seine Bildnisse der höheren Klasse aussprechen. Wie wenig Frans Hals danach strebt, ein abgerundetes Genrebild zu geben, zeigen am deutlichsten die figurenreichen Bilder, namentlich der bekannte „Rommelpotspeeler," ein Conglomerat neben einander gestellter Figuren, worin nicht einmal der Versuch einer einheitlichen Composition zu entdecken ist. Aber als das, was sie sein wollen, als lebensvolle unmittelbare Volkstypen stehen diese studienhaften Figuren auf gleicher Höhe mit den Bildnissen des Meisters, geben uns die Ergänzung, den nothwendigen Gegensatz jener vornehmen Welt.

Der Auffassung des Frans Hals entspricht seine Malweise, und zwar macht sich bei ihm das malerische Princip, welches ja überhaupt für die holländische Malerei bestimmend ist, im Colorit, in der Herrschaft des Tons geltend. Hals sieht seine Gestalten, wie sie ihm entgegentreten, wie er sie auf der Strasse, im Felde, im öffentlichen Leben kennen lernt — er sieht sie im gewöhnlichen Tageslicht, nicht wie Rembrandt im Helldunkel des gemüthlichen Zimmers. Sein Licht ist daher ein gleichmässig vertheiltes, die Färbung erscheint nur so weit modificirt, als es der Ton der freien Luft mit sich bringt. Im Interesse einer gleichmässigen Beleuchtung wählt der Künstler nicht ein helles Sonnenlicht, welches in den reichen Stoffen grelle Lichter und schwarze Schatten hervorrufen würde, sondern ein gedämpftes Tageslicht, welches die Localfarben genügend zur Geltung kommen lässt. Bei aller Brillanz der Farben, wie er dieselbe namentlich in den reichen und bunten Kostümen seiner Schützenstücke zu entwickeln weiss, ordnet Frans Hals dieselben doch immer mit der grössten Feinheit dem Colorit wie der Färbung des Fleisches unter; er lässt das Geistige stets über das Materielle dominiren, giebt die Kleider nur gerade soweit, als sie eben wirklich die Leute machen. Desshalb macht er von der Carnation stets die übrigen Localfarben abhängig, bestimmt danach die Haltung des Gemäldes und kennzeichnet so auf den ersten Blick den Kopf als den geistigen Mittelpunkt, die Hände als die unmittelbaren Vermittler des geistigen Ausdrucks. Wie meisterhaft unser Künstler die Trachten seiner Zeit für seine malerischen Zwecke auszubeuten verstanden, dafür möchte ich nur auf seine Behandlung des Schwarz, namentlich aber auf seine Benutzung der grossen weissen Halskragen hinweisen: indem er das höchste Licht in denselben concentrirt, trennt er gewissermaassen den Kopf vom Rumpfe, den Geist vom Körper; und doch stellt er die nöthige Vermittlung zwischen Beiden wieder her durch die hellen Reflexe, welche der Kragen auf der dunklen Kleidung hervorruft, wie umgekehrt durch die Dunkelheiten, welche die durchscheinende Kleidung im Kragen erzeugt. Durch die Farbengebung ist auch die Zeichnung des Meisters bedingt. Sahen wir, das Hals schon das Licht in Massen vertheilte, die Färbung in grossen Massen zusammenfasste, so können wir uns nicht wundern, auch in seiner Zeichnung denselben grossen, nur auf das Wesentlichste zielenden Styl wahrzunehmen. Als strenger Naturalist schenkt der Künstler seinen Modellen freilich Nichts von ihren Eigenthümlichkeiten, von unschönen Zufälligkeiten; aber er ordnet diese Details durchaus dem ganzen und grossen Eindruck der Erscheinung unter. In seiner Zeichnung, bei welcher der Borstpinsel eine hervorragende Rolle spielt, giebt er die Glieder nur in ihren bedeutendsten Formen und Bewegungen, die Bewegungen der Gewänder in einem einfachen grossen Faltenwurfe, wodurch seine gleichmässige Beleuchtung, seine ruhige klare Färbung möglich wird. Die Ausführung ist natürlich durch diese malerische Auffassung des Künstlers bestimmt; er geht nur gerade so weit darin, als es das Verständniss erfordert. Desshalb macht sich der Vortrag in den Gemälden des Frans Hals ganz ausserordentlich geltend, niemals aber auf Kosten des Ausdrucks.

Gerade an der Ausführung können wir am deutlichsten verfolgen, wie der Meister innerhalb dieser allgemeinen Principien in jedem Gemälde stets der Individualität des Einzelnen Rechnung trägt, wie aber seine Behandlung auch im Laufe seiner Entwicklung, welcher wir durch einen Zeitraum von 50 Jahren folgen können, wesentlichen Veränderungen unterliegt. Bestimmend für dieselben ist das Bestreben, welches bei Hals wie bei allen hervorragenden Künstlern hervortritt, sich immer bündiger und doch zugleich klarer auszudrücken. Demgemäss lässt Hals die Ausführung immer mehr zurücktreten, vereinfacht Zeichnung und Färbung und lässt dagegen den Ton immer stärker zur Geltung kommen. Jenes Schützenstück vom Jahre 1616 im Museum zu Haarlem erinnerte uns in seiner kräftigen Färbung, in seinem gesättigten braunen Ton, den pastosen Lichtern und der sorgfältigeren Durchführung noch an die niederländische Malweise des XVI. Jahrhunderts. Kaum zehn Jahre später sahen wir den Künstler schon zu voller Eigenthümlichkeit gelangt; die Localfarben sind stärker betont, das Colorit ist schon klar und hell, die Behandlung schon von ausserordentlicher Leichtigkeit. Schon vor dem Jahre 1635 beginnt die Färbung wieder tiefer zu werden, die Beleuchtung gleichmässiger, und der Ton fängt an stärker zu prävaliren. Der vorübergehende Einfluss Rembrandt's auf Frans Hals, welchen wir etwa zwischen den Jahre 1635 und 1642 verfolgt haben, dient nur dazu, um diese neue Richtung des Meisters schärfer auszuprägen und fortzuentwickeln. Da um diese Zeit auch die einfache schwarze Tracht allgemeine Mode wird, giebt Hals demgemäss auch der Färbung des Fleisches ein graues Colorit. Man könnte die Çarnation in den Gemälden unseres Künstlers — so weit derartige Vergleiche überhaupt zulässig sind — vielleicht am treffendsten mit der Patina der Bronze vergleichen, welche dieselbe je nach ihrer Zusammensetzung bekommt; die Färbung des Fleisches entspräche danach in den verschiedenen Perioden des Meisters einer bräunlichen, einer goldigen, einer olivengrünen und endlich einer schwärzlichen Patina. Dieser graue Gesammtton bestimmt seine Behandlung vom Jahre 1640 an bis zu seinem Tode, also durch einen Zeitraum von 25 Jahren; der Künstler wird immer breiter im Machwerk, immer sparsamer mit der Farbe, bis er schliesslich in jenen beiden Regentenstücken vom Jahre 1664 an der äussersten Grenze der Einfarbigkeit und Breite anlangt, welche wohl von keinem anderen Meister jemals so weit getrieben sind. Wir werden den Ton eines Gemäldes im Allgemeinen als den Spiegel der Stimmung des Künstlers betrachten können. Rubens glänzendes von äusserem und innerem Glück so hoch begünstigtes Alter findet seinen deutlichen Ausdruck in jenem glühenden, heiteren Ton, in welchem die Farben seiner späteren Gemälde erglänzen. Rembrandt, welcher unter den schweren Schlägen des Unglücks eine Zeit lang einen ähnlichen düsteren, farblosen Ton anstimmt, wie wir ihn bei Frans Hals beobachteten, lässt in dem goldigen Abendroth seiner letzten Gemälde die Rückkehr zu innerer Ruhe und Fassung erkennen. Anders ist es mit Frans Hals; von Aussen verlassen, im Innern ohne den nöthigen Halt sieht er die Welt, aus der er sich fortsehnt, nur in aschgrauer Färbung, gönnt er ihr kaum noch ihre natürliche Form, nicht mehr ihre frische Farbe; wie seine Mitmenschen ihm selbst nur das Nothdürftigste zum Fristen des Lebens verabfolgten, so bewilligt der 80jährige Greis den Gestalten in jenen letzten Gemälden auch gerade nur so viel Zeichnung, so viel Farbe, um sie als Menschen, als lebendige Menschen erscheinen zu lassen.

Um die Bedeutung des Frans Hals vollständig zu würdigen, müssen wir ihn namentlich auch als Lehrer kennen lernen, müssen wir die Schüler betrachten, welche er gebildet hat.

Aus vielfachen Ueberlieferungen wissen wir, dass aus dem Atelier des Frans Hals eine Anzahl tüchtiger Schüler, Portraitmaler wie Genremaler, Meister im Stillleben wie in Architekturstücken hervorgegangen sind, und unter ihnen Künstler ersten Ranges; und bei der Dürftigkeit von Nachrichten über unseren Meister dürfen wir schon aus allgemeinen Gründen annehmen, dass — auch abgesehen von dem allgemeinen weit greifenden Einfluss, den eine so vollendete Kunstweise ausüben musste — die Zahl von Schülern, die uns als solche nicht überliefert sind, gleich gross oder noch grösser war als die Zahl derer, welche ausdrücklich als seine Schüler genannt werden. In der That befähigten die verschiedenen Eigenschaften, welche wir in Hals vereinigt fanden, denselben in höchstem Maasse, auch als Lehrer eine glückliche Thätigkeit zu entfalten; seine freie malerische Auffassung der Individualität musste jedem Schüler zu Gute kommen, zumal seine Beschränkung in der Wahl der Gegenstände der Befähigung des Schülers keinen Zwang anthat. Das ausserordentliche Verdienst des Meisters zeigt sich in der That auch gerade darin, dass er die Eigenthümlichkeiten seiner Schüler mit grösster Pietät respectirte und nach denselben ihre Ausbildung leitete. In seiner Thätigkeit als Lehrer dürfen wir ihn daher mit Rembrandt auf eine Stufe stellen, und wir begreifen es, wenn Houbraken „die hohe Achtung" hervorhebt, welche die Schüler vor dem Meister hatten. Sehr komisch und für diesen Kunstschriftsteller sehr bezeichnend sind dann freilich die Beweise dieser Hochachtung, welche nach Houbraken wesentlich darin bestanden, dass die Schüler ihren Meister Abends in der Kneipe aufsuchten und dann mit dem Trunkenen sich allerlei derbe Spässe erlaubten. Wo es uns darauf ankommt, in ernsterer Weise das Verhältniss zwischen Lehrer und Schülern zu prüfen, lassen uns natürlich Houbraken und alle seine Genossen vollständig im Stiche; denn wahrlich nicht das Interesse an dem Künstler leitete sie beim Sammeln ihrer Nachrichten, sondern die Liebhaberei für die Schnurren, welche über denselben anscheinend zahlreich im Umlauf waren, und denen wir im Wesentlichen das Wenige, was wir über seine Schüler wissen, zu verdanken haben.

Indem ich hievon ausgehe, werde ich den Versuch machen, aus einer Charakteristik dieser Schüler und aus dem Anhalt, welchen wir in der Auffassung und Technik des Meisters gewonnen haben, eine Anzahl anderer Maler ihrer gesammten Richtung oder wenigstens der Zeit ihrer Ausbildung nach der Schule des Frans Hals zuzuweisen und danach zugleich eine systematische Uebersicht über die Schule des Meisters zu geben. Bei den vielfachen Schwierigkeiten, welche sich einem solchen Versuche entgegenstellen, kann es mir nicht in den Sinn kommen, in jedem Falle, wo ich den Einfluss des Meisters nachzuweisen suche, ihn auch unzweifelhaft als den wirklichen Lehrer des betreffenden Malers hinstellen zu wollen; ich werde vielmehr bei manchen Künstlern, namentlich bei solchen zweiten und dritten Ranges, es dahin gestellt sein lassen, ob sie ihre Verwandtschaft direct dem Frans Hals selbst oder einem seiner Schüler verdanken, oder ob sie nur durch die Werke des Meisters angeregt und durch selbständiges Studium derselben sich ihm angeschlossen haben. Kann doch auch verwandte Auffassung und selbst verwandte Technik nicht allein dahin führen, zwischen zwei Meistern das Verhältniss von Lehrer und Schüler oder von Mitschülern zu statuiren, da häufig ein gutes Theil solcher Verwandtschaft den Strömungen der Zeit zuzurechnen ist.

In der Betrachtung der Schulen kann ich hier nicht, wie etwa bei Rembrandt's Schülern, eine Scheidung nach den Perioden des Meisters selbst vornehmen, sondern ich muss den Gegenstand, welchen sie behandelten, zum Ausgangspunkte ihrer Zusammenordnung machen, da die Veränderungen, welche wir in der Entwickelung des F. Hals wahrgenommen haben, doch nicht das Wesentliche seiner Auffassung berühren. Auch umfasst seine Hauptthätigkeit als Lehrer nur etwa die Jahre 1620 bis 1640, bis Rembrandt's Einfluss für die gesammte holländische Malerei maassgebend wurde.

Vorweg werde ich jedoch kurz der Söhne von Hals Erwähnung thun, welche Maler waren, theils weil wir über die meisten derselben auf wenige urkundliche Nachrichten beschränkt sind, theils weil sie nach den uns erhaltenen Werken dem Meister am wenigsten selbständig gegenüberstanden und in verschiedener Richtung thätig waren. Unsere Kenntniss beschränkt sich auf folgende Details, welche wir meist van der Willigen verdanken.

Harman Hals, der im Jahre 1611 geborene Sohn erster Ehe, war nach einer Aufschrift auf seinem Portrait „Gezelschapschilder;" er starb im Jahre 1669. Gemälde desselben sind mir nicht bekannt; auch habe ich keine in alten Katalogen erwähnt gefunden.

Johannes Hals, von welchem uns nur bekannt ist, dass er sich im Jahre 1648 und zum zweiten Male 1649 verehelichte, wird mehrmals von G. Hoet in seinem „Catalogus" erwähnt und zwar unter dem Beinamen „den gulden ezel". Eine „Bauernhochzeit," der „Kopf des heil. Petrus," ein lebensgrosses Bildniss in ganzer Figur von seiner Hand erreichten Preise wie kaum in derselben Zeit die Bilder seines Vaters, nämlich zwischen 16 und 30 Gulden.

Nicolaus Hals, 1628 geboren, wurde 1655 in die Lucas-Gilde zu Haarlem aufgenommen, zu deren Vorstehern er in den Jahren 1682, 1683 und 1685 gehörte; er starb im Jahre 1685. Er soll Landschaften und Bauernscenen gemalt haben, von denen uns jedoch nichts als erhalten bekannt ist.

Als Künstler ohne Zweifel der bedeutendste von den Söhnen des Meisters und zugleich der einzige, von welchem wir eine Anzahl von Werken sicher nachweisen können, ist *Frans Hals*, welcher im Jahre 1643 getraut wurde und 1669 noch am Leben war. Wir kennen Portraits, Genrebilder und Stilleben von der Hand dieses jüngeren F. Hals, in welchen sich derselbe nach Auffassung und Behandlung ganz an seinen Vater anlehnt, so dass er — was wir wohl für die übrigen Söhne des Meisters in noch höherem Grade annehmen dürfen — mehr als ein geschickter Nachahmer, denn als selbständiger, origineller Schüler und Meister zu betrachten ist. Da er nun auch mehrfach geradezu Werke seines Vaters copirt hat, wie die Rommelpotspeeler, die Hille Bobbe, die singenden Knaben u. a. m., so pflegen seine Bilder meist unter dem Namen des Vaters zu gehen. Von selbständigen Genrebildern, die mir von ihm bekannt sind, erwähne ich in der Galerie zu Schwerin die kleinen Brustbilder eines Dudelsackspielers und eines Geigers, schwächer als gewöhnlich und ausnahmsweise *H*, — also mit demselben Monogramme, welches auch der Vater führte, bezeichnet. Weit besser sind zwei kleine Bilder mit lustigen Jungen in der königl. Sammlung zu Brüssel und namentlich zwei singende Knaben in der Galerie des Herzogs von Arenberg. Beide sind mit seinem gewöhnlichen Monogramme *FF* bezeichnet. Weit selbständiger als in diesen Bildern, ja als einen sehr tüchtigen Meister lernen wir den jüngeren F. Hals in einigen wenigen Stilleben kennen, die wir später näher besprechen werden.

Von *Reynier Hals*, der im Jahre 1627 geboren wurde, ist mir ein kleines mit dem ganzen Namen bezeichnetes Genrebild in der Art des Brekelenkam bekannt, welches jedoch nur ein schwaches Talent verräth. Ob *Willem Hals*, von welchem G. Hoet ein Stilleben erwähnt, ein Sohn des Frans Hals war, ist nicht zu entscheiden, da über denselben auch durch van der Willigen's Forschungen noch nichts bekannt geworden ist.

Unter den Schülern des F. Hals, welche ihm in seinem eigentlichen Fache, in dem des Portraits folgten, ist uns seiner Biographie nach am bekanntesten *Vincent Laurensz van der Vinne*; er wurde geboren im Jahre 1629, kam im 18. Jahre zu F. Hals, in dessen Schule er 9 Monate verblieb, heirathete im Jahre 1656 und zum zweiten Male 1668 und starb im Jahre 1702. Nach zwei Bildern, welche mir von ihm bekannt sind, den Bildnissen zweier seiner Brüder bei Herrn v. d. Willigen, war er ein wenig origineller Meister; in diesem Lichte erscheint er uns um so mehr, da neben jenen Bildern sein eignes Bildniss von der Hand seines Lehrers hängt, welches wir bereits als eine der geistreichsten, breitesten Arbeiten desselben erwähnt haben.

Ein sehr tüchtiger Schüler des F. Hals ist dagegen ein anderer Portraitmaler *Johannes Verspronck*, von welchem wir durch v. d. Willigen nur das Todesjahr 1662 erfahren. C. de Bie erwähnt in seiner Beschreibung von Haarlem eines Bildnissmalers Gerhard Verspronck, mit welchem die Kataloge unseren Meister trotz der deutlichen Bezeichnungen auf seinen Bildern zuweilen verwechseln. Uebrigens ist es nicht unmöglich, dass de Bie unseren Künstler gemeint hat, dem er nur irrthümlich einen falschen Vornamen gab. Ich habe den Meister nach datirten Werken bisher durch einen Zeitraum von 20 Jahren verfolgen können, vom Jahre 1634 bis 1653; Burger führt schon ein Bild vom Jahre 1632 auf. Die beiden bedeutendsten besitzt das Museum zu Haarlem: „das Festmahl der Offiziere des Schützencorps zum heil. Georg" ist lebendig und farbig, nach der gar zu unruhigen Wirkung der Composition wie der Färbung jedoch ein Bild der ersten Zeit, während das zweite Portraitstück, „die Vorsteherinnen des Heiligengeist-Stifts", den Meister in jeder Beziehung auf seiner Höhe zeigt. In den öffentlichen Sammlungen Deutschlands kenne ich folgende Bilder des Meisters: In Berlin ein sehr fleissig vollendetes Bildniss einer Frau vom Jahre 1653, welchem sich ein weibliches Bildniss der Galerie zu Schleissheim — dort fälschlich Th. de Keyser genannt — eng anschliesst. Die beiden Bildnisse eines jungen Ehepaares in der Sammlung zu Woerlitz aus dem Jahre 1634 sind ausnahmsweise in kleinerem Format, etwa von halber Lebensgrösse; in frischer Färbung und lebendiger Auffassung stehen sie dem grossen Schützenstücke zu Haarlem am nächsten. Die meisten Bilder besitzt das Museum zu Oldenburg, nämlich vier grosse Bildnisse, von denen drei aus den Jahren 1640 und 1641 Mitglieder derselben Familie, ein viertes besonders hervorragendes Bildniss aus dem Jahre 1645 einen jungen Mann darstellt. In allen diesen Bildern spricht sich sofort eine ausserordentliche Verwandtschaft mit F. Hals aus. Mit jener heiteren, lebendigen Auffassung der Figuren verbindet sich ein mehr oder weniger grauer Ton des Colorits, eine kräftige Färbung, ein Streben in breiten Massen, in kecken Pinselstrichen zu zeichnen. Freilich vermag er bei alledem seinen Lehrer nicht zu erreichen. Es fehlt ihm eben jene packende Auffassung, die sich unmittelbar im Machwerk wiederspiegelt; er wagt es nicht, so unvertrieben die markigen Pinselstriche zu lassen, so unvermittelt die Töne neben einander zu setzten; er vermag seiner Färbung nicht die Frische, seiner Carnation nicht die Durchsichtigkeit zu geben. Soweit wir seine Entwickelung verfolgen können, wird die helle aber etwas bunte Färbung der frühesten Zeit bald durch einen mehr kühlen aber kräftigen Ton gemässigt; in den späteren Bildern macht sich der Einfluss von Rembrandt's Kunstweise geltend durch das geschlossene Licht, einen warmen Ton, sorgfältige fast weiche Behandlung.

Wenn wir in den eben besprochenen Bildnissmalern directe Schüler des F. Hals kennen gelernt haben, so macht sich dagegen der Einfluss des Meisters in den Bildnissen dieser Zeit bei einer Reihe von äusserlich unabhängigen Malern in hohem Maasse geltend, selbst in einigen Portraits von Rembrandt lässt sich derselbe nicht verkennen. Am lautesten sprechen für diesen weitgreifenden Einfluss eine Anzahl von grossen Portraitstücken im Museum zu Haarlem, namentlich die von P. van Auraadt und Jan de Bray. Dagegen geht Waagen in seinem Handbuche (II. 84) entschieden zu weit, wenn er mit den Worten: „Abgesehen von dem allgemeinen Einfluss des Frans Hals auf die holländische Schule des XVII. Jahrhunderts, hat er ganz speziell die Art und Weise ihrer Portraitmaler bestimmt" die Besprechung der älteren holländischen Bildnissmaler: des J. G. Cuyp, J. van Ravesteyn, Th. de Keyser einleitet. Dass diese Meister in durchaus selbständiger Weise eine verwandte Richtung wie F. Hals in ihren Bildnissen verfolgen, davon können uns sowohl die zahlreich erhaltenen Gemälde derselben überzeugen, wie auch der Umstand, dass einige und zwar besonders hervorragende derselben mehrere Jahre vor den frühesten Bildnissen des Frans Hals entstanden sind. Dagegen muss man einer anderen Ansicht Waagens, welche derselbe — soviel ich weiss — zuerst aufgestellt hat, um so grösseren Beifall zollen, nämlich der Annahme, dass *Bartholomaeus van der Helst* „wenn nicht im eigentlichen Sinne ein Schüler des F. Hals, doch durchaus nach demselben sich gebildet habe." Selbst die Annahme, dass v. d. Helst directer Schüler des F. Hals war, scheint mir nicht zu gewagt in Rücksicht auf den Umstand, dass derselbe nicht in Amsterdam — wie Waagen angiebt — sondern in Haarlem geboren ist (im Jahre 1613) und dort auch seine Jugendzeit zugebracht zu haben scheint. Wenigstens befinden sich gerade die frühesten Bilder des Meisters in Haarlem. Erst mit dem grossen Schutterstuk im Rathhause zu Amsterdam aus dem Jahre 1639, dem frühesten mir bekannten Gemälde des Meisters in Amsterdam, erreicht derselbe den Abschluss und zugleich den Höhepunkt der durch F. Hals bestimmten Entwicklung, deren frühere Zeit durch zwei Schützenstücke im Museum zu Haarlem charakterisirt ist. In frischer, lebendiger Auffassung, in der Helligkeit und Leuchtkraft der Färbung in einer aussergewöhnlichen Breite der Behandlung, in der gleichmässigen Beleuchtung und selbst in der mehr dem Zufall überlassenen Anordnung documentirt sich der Nachfolger des F. Hals, und zwar der besten Zeit desselben, etwa zwischen 1630 und 1635. Selbst noch das berühmteste Bild des van der Helst, jene Feier des Friedens zu

Münster aus dem Jahre 1648, welches, in demselben Raume mit Rembrandt's Nachtwache, unwillkührlich — und zwar in den Augen des Publikums entschieden zu seinen Gunsten — den Vergleich mit diesem wunderbarsten Erzeugnisse der holländischen Kunst herausfordert, selbst dieses Bild zeichnet sich durch jene dem Hals nahe verwandten Eigenschaften aus, wenn auch das Machwerk bereits sorgfältiger, die Färbung mehr abgetönt, die Composition durchdachter und mehr berechnet ist. Noch weiter von Hals entfernt er sich in der folgenden Zeit, für welche das Hauptwerk „die Vorsteher des Amsterdamer Schützencorps" vom Jahre 1657, sich gleichfalls im Museum zu Amsterdam befindet; die Färbung ist hier kühler, die Beleuchtung geschlossener, Auffassung und Behandlung sind delicater, zahmer. Und da er sich stets seiner Zeit anbequemt, so können wir uns nicht wundern, dass der Meister in manchen Bildnissen seiner spätesten Zeit, kurz vor seinem 1670 erfolgten Tode den in äusserem Wohlleben und entnervendem Selbstdünkel mehr und mehr verkommenden Charakter seiner Landsleute selbst zum Nachtheil seiner Kunst zum Ausdruck brachte. Was B. van der Helst von F. Hals schon in seinen früheren Werken unterscheidet und ihn bei seiner späteren Entwickelung immer mehr von ihm entfernt, ist eine — wenn ich mich bei diesem vortrefflichen Meister so ausdrücken darf — mehr philisterhafte Auffassung der Natur; in seinem Streben, zunächst und vor Allem Aehnlichkeit zu erzielen, sieht er die Personen, welche er malt, zuerst mit dem Auge des Photographen statt des Malers. Desshalb ist er auch dem Publikum zugänglicher, war er von seinen Zeitgenossen gesuchter als Hals und selbst als Rembrandt. Vor seinen Bildnissen können wir stets behaupten: nur so und nicht anders kann diese Person ausgesehen haben. Aus diesem Streben, zunächst die Aehnlichkeit und nicht zuerst die malerische Erscheinung zur Geltung zu bringen, erklären sich auch die wesentlichen Abweichungen seines Colorits und seiner Behandlung von denen des F. Hals. Unter allen Malern, welche ein gleiches Streben verfolgten, verdient er wohl die Palme; aber mit den grossen Meistern, welche vom höchsten künstlerischen Gesichtspunkte aus die Persönlichkeit auffassen und malerisch wiedergeben: mit einem Velasquez, Tizian, Rubens, van Dyck, Rembrandt, Hals — dürfen wir ihn nicht auf gleiche Stufe stellen.

Wenn die ausgeprägte Richtung und die Meisterschaft des F. Hals als Bildnissmaler wohl der wesentliche Grund ist, dass er auf die Portraitmalerei mehr im Allgemeinen anregend wirkte als durch die Ausbildung einer grösseren Zahl von selbständigen Schülern, so erklärt sich aus seiner eigenthümlichen Stellung als Genremaler die grosse Zahl von

Schülern des Meisters, welche das Genre behandelten, die verschieden-
artigen Richtungen und die mannigfache Entwicklung derselben, endlich
die hervorragende Stellung, welche mehrere derselben in der Kunstgeschichte einnehmen. Die unmittelbarste malerische Auffassung in seinen
Portraits und seinen genreartigen Bildnissen und Studien verbunden mit
der genreartigen Auffassung und Behandlung seiner Bildnisse in kleinem
Format gaben jenen Malern Vorbilder, nach denen sie sich, ohne ihrer
eigenthümlichen Begabung irgend Eintrag zu thun, zur Meisterschaft ausbilden konnten.

In der Wahl ihrer Gegenstände sehen wir diese Meister stets auf
die niederen Stände greifen, deren naives Leben und Treiben noch nicht
in den Fesseln der Convention befangen war und einer malerischen Auffassung den reichsten Stoff darbot. Diese konnte auch um so reiner hier
zur Geltung kommen, da ein inneres Gemüthsleben in diesen Kreisen,
in dem genusssüchtigen äusserlichen Treiben dieser Bauern und Söldner
noch nicht vorhanden war. Denn das eben sind die beiden Kreise, in
welchen sich unsere Meister bewegen, und nach welchen wir sie, da
schon der Gegenstand für Auffassung wie für Behandlung wesentliche
Verschiedenheiten mit sich bringt, in zwei Hauptgruppen sondern können:
in die Maler von „Soldatenstücken" oder „Gesellschaftsstücken" und von
„Bauernstücken".

Jene erste Gruppe von Meistern, an deren Spitze Dirk Hals, der
Bruder des Frans, steht, pflegen in ihren Gesellschaftsstücken meist
unter den Collectivnamen Palamedes oder Jan le Ducq zu gehen. Ver-
anlassung dazu bietet wohl ihre grosse äussere wie innere Verwandtschaft.
Schon der gleiche Stoff, den sie behandelten, bot ihnen wenig Gelegenheit zu grösserer Mannigfaltigkeit und Abwechselung. Das ausgelassene
Treiben einer genusssüchtigen Soldatesca und einer wilden Jugend, welche
sich derselben anschloss, werden diese Meister nicht müde in ihren malerischen, aber stets verwandten Scenen wiederzugeben. Mittels dieser eigenthümlichen Bilder, denen freilich Alles näher liegt als Tendenz, erhalten wir
einen höchst interessanten Einblick in die Zeit. Dem grossen Freiheits-
kampfe, der alle Kräfte des Landes bis auf's Höchste angespannt hatte,
sind nach kurzer Pause die Verwicklungen des 30jährigen Krieges gefolgt;
während dort die heiligsten Interessen des Volkes durchgekämpft wurden,
und zwar vom Volke selbst, sind es jetzt Interessen allgemeinerer Art,
für welche der eigene Arm nicht mehr eintreten mag, die man daher von
gedungenen Söldnerschaaren auskämpfen lässt, zumal der Kampf jetzt
den eigenen Heerd meist verschont. Das Treiben dieser Söldner, welches
sich täglich in den reichen Trachten und in bunten Scenen ihrem Blicke

darbot, fesselte den malerischen Sinn dieser Künstler, von denen wohl auch mehr als Einer in diesen Kreisen sammt der müssigen, genusssüchtigen Jugend Hollands manche tolle Stunde verbracht haben mag. Dem gewöhnlichen Thema: „Wein, Weib und Gesang" schliesst sich „Würfellust" als häufigster Vorwurf an; daneben finden wir Scenen des Lagerlebens, Ausrüstungen, Einquartirungen, selbst rohe Marodirscenen — nur den Kampf selbst schildern diese Meister nicht, da er ihrer heiteren Auffassung durchaus fernliegt. Ein frischer Humor bildet den Grundton und zugleich den Reiz dieser zahlreichen Compositionen, welche in Bezug auf Auswahl der Motive, auf Mannigfaltigkeit individueller Charaktere und tieferer Charakteristik entschieden arm zu nennen sind. Nur eine treue Schilderung der bestimmten Scenen, nicht der einzelnen Individuen liegt in der Absicht des Künstlers. Aeusserlich ist ja das Treiben dieser Kreise, eitel und selbstbewusst; nur der nackte Genuss begeistert diese tolle junge Welt, die in ihrer Prunksucht den Körper schnürt und zwickt und mit buntem Flitter behängt, die zum Schauplatz ihrer Gelage, ihres Genusses — wo nicht den ersten besten Stallraum — doch ungemüthliche und kahle Prachträume wählt, glänzend von Farbe und kostbarem Material. Wir erkennen in dieser Welt das Widerspiel, wenn auch gewissermassen das karikirte, der vornehmen Gesellschaft Hollands, die wir sie aus den Bildnissen des Frans Hals kennen lernen, und dem entspricht auch etwa das künstlerische Verhältniss, welches zwischen jenen Gemälden und den Bildnissen des Meisters obwaltet.

Ich habe bereits erwähnt, dass nach Zeit und Bedeutung an der Spitze dieser Maler *Dirk Hals* steht, der Bruder des Frans. Das Studium dieses Künstlers lässt recht erkennen, wie gering das Interesse für diese gesammte Richtung, wie unkritisch die Forschung innerhalb derselben bis vor Kurzem war. Selbst Burger weiss in seinem Cataloge der Galerie van der Hoop von dem Meister nur das einzige Bild dieser Sammlung anzuführen; und Waagen äussert über denselben in seinem Handbuche (II. pag. 83) nur, dass er „ein geschickter Maler im Geschmack des Palamedes war, dass seine Bilder indess höchst selten sind". Aber wie die Franzosen, ihrer Kunstrichtung entsprechend, die malerische Bedeutung dieser Meister zuerst wieder gewürdigt und die Bilder derselben ihren Sammlungen für hohe Preise einverleibt haben, so hat gerade Burger schon wenige Jahre nach jenem eben citirten Urtheil eine vortreffliche und ausführliche Würdigung des Dirk Hals in den mehr erwähnten Aufsätzen über die Künstlerfamilie Hals geliefert, welche er bereits auf eine Kenntniss von etwa 50 Bildern desselben stützt. Was ich im Allgemeinen über diese gesammte Richtung gesagt habe, gilt im höchsten

Maasse von Dirk Hals selbst, der — wie ich vermuthe — noch unmittel-
barer auf die Ausbildung derselben gewirkt hat als sein Bruder. Dirk Hals
ist der heiterste, der ausgelassenste von Allen; sein Pinsel verherrlicht nur
den Genuss: junge Soldaten und Cavaliere mit ihren Mädchen beim Mahl
und Trank, bei Tanz und Spiel oder einsam sich der Musik hingebend,
bei deren Tönen sie der Liebe gedenken, das sind die Vorwürfe die er
sich wählt. Und wie versteht es sein Pinsel, diese frische heitere Auffassung malerisch zum Ausdruck zu bringen! Auf einen dünnen grauen
Untergrund setzt er die Farben der bunten und brillanten Stoffe pastos
und flott auf, modellirt er mit breiten Strichen, in frischen Tönen die
Köpfe. Dirk überträgt in seine Conversationsscenen, in seine jovialen
Figürchen die geniale Technik des Frans, die wir in seinen Bürger-
garden, in seinen Bildnissen bewundern. Was wir von der Biographie
des Meisters kennen, beschränkt sich darauf, dass er in Haarlem — wohl
nach seinem Bruder Frans — geboren ist, mit dem wir ihn zusammen
zuerst im Jahre 1617 als Vorsteher der Retoryker Kamer erwähnt finden;
er starb im Jahre 1656, also zehn Jahre vor seinem Bruder. Nach den
Datirungen auf seinen Bildern habe ich den Meister bis jetzt vom Jahre
1624 bis 1653 verfolgen können. Schon in den frühesten Bildern finden
wir das leichte geistreiche Machwerk, das sich jedoch in den letzten
Jahren zuweilen bis zur Rohheit steigert. Der vorherrschende Ton ist
ein kühles Grau, welches die hellen Farben sehr harmonisch stimmt; ein
warmer bräunlicher Ton macht sich dagegen namentlich in den späteren
Bildern geltend. In Deutschland sind mir einige 30 Gemälde des Dirk
Hals bekannt, von denen ich wenigstens die in öffentlichen Sammlungen
befindlichen kurz aufführen will, zumal da ein grosser Theil derselben
unter falschen Bezeichnungen geht. Von den grossen Galerien besitzt
keine ein Bild unseres Meisters; die Gemäldesammlungen von Hamburg,
Stuttgart, Göttingen, Potsdam haben je ein Gemälde, die Galerie zu
zu Braunschweig ein kleines Bild aus dem Jahre 1630, die Galerie zu
Gotha zwei unter dem Namen Palamedes aufzuweisen; das Amalienstift
zu Dessau besitzt zwei Conversationsstücke aus dem Jahre 1636, ein
drittes von 1653 und die kleine Figur eines Rommelpotspeeler voll
köstlichen Humors. Zwei fast lebensgrosse Brustbilder von jungen heiteren Dirnen derselben Sammlung sind durchaus in der Manier des Dirk
Hals behandelt; doch beweisen sie, dass dieselbe Technik, die im kleinen
Maassstabe so lebendig und geistreich ist, im Grossen leer und geistlos
wirkt. Das umfangreichste und zugleich eines der besten Bilder des
Meisters besitzt die Akademie zu Wien in einem Gesellschaftsstück vom
Jahre 1628; ein kleines Bildchen derselben Sammlung, ein Violoncell-

[illegible] unter [illegible] Bezeichnung Le Duc. Unter einer grösseren Anzahl von Bildern, [illegible] in [illegible]sammlungen gesehen habe, übertreffen [illegible] die sämmtlichen eben angeführten Werke in öffentlichen [illegible], namentlich zwei Bilder bei Herrn Suermondt in Aachen, [illegible] bei Herrn Dr. [illegible] in Berlin, eins in der Sammlung Liechtenstein zu W[ien] eines vom Jahre [illegible] und zwei in der Hausmann'schen Sammlung zu Hannover, von denen das eine von 1646 datirt ist, das andere als Palamedes [illegible].

[illegible] und [illegible] in seiner [illegible], aber nicht von der geistreichen [illegible] des Jan Fijt in seinem *Palamedes*. Während für jenen Meister eben der Mangel an Datirungen und die Missachtung und Zersplitterung seiner Bilder es [illegible] gemacht haben, aus den Bezeichnungen auf denselben und aus einigen urkundlichen Notizen eine sichere [illegible] Scala zu gewinnen, sind für Palamedes gerade die älteren Datirungen, das [illegible] Interesse an dem Meister und sehr verschiedenartige Gemälde, die unter seinem Namen gingen, verhängnissvoll geworden. Es giebt Bildnisse in grossem und kleinem Format, Soldatenscenen, Conversationsstücke, Schaudenstücke, welche sämmtlich — und zwar in verschiedener Weise — Palamedes bezeichnet sind. Man hat nun diese Bilder entweder einem Einzigen zugescheiben oder eine ganze Anzahl von Meistern dafür schaffen wollen. Da die Versuche einer kritischen Sonderung so vielfach sind und doch sämmtlich, nach meiner Ueberzeugung auch die von Burger und Waagen nicht ausgenommen, mehr oder weniger ungenügend ausfallen, so kann ich dieselben nicht [illegible] berücksichtigen und will statt dessen einen neuen Versuch der Lösung, den ich aus den Bildern und ihren Bezeichnungen gewonnen zu haben glaube, hier kurz aufstellen. Danach bestätigen sich Houbraken's Mittheilungen vollständig, welcher zwei Brüder Palamedes kennt, die Söhne eines b[ritt]ischen Offiziers im Dienste Jakob I. Der jüngere von Beiden, *Palamedes Palamedesz, Steuers*, welcher am 26. Mai 1638 im Alter von 31 Jahren starb, war ein sehr bekannter und beliebter Schlachtenmaler, dessen auch C. de Bie lobend erwähnt, und welcher durch das Portrait von van Dyck (in München) und den danach angefertigten Stich bekannt ist. Seine ziemlich seltenen, aber sehr gelungenen Bilder — sämmtlich Reiterschlachten — deren Datirungen sich gerade bis zum Jahre 1638 verfolgen lassen, und welche bald Palamedes, bald Palamedes Palamedesz oder auch Palamedes Stevaerts bezeichnet sind, bestätigen durchaus die Angabe Houbraken's, dass er ein Nachfolger des E. van Velde gewesen sei. Ebenso wenig Grund haben wir die folgende kurze Mittheilung über den älteren Palamedes anzuzweifeln, zumal die-

selbe nach ihrer Fassung aus den Aufzeichnungen der Lucasgilde geschöpft zu sein scheint, welche Houbraken in manchen Fällen — wie
er verschiedentlich ausdrücklich bemerkt — benutzt hat, u. A. gerade zu
seinen kurzen biographischen Angaben über die Künstler aus der Familie
Hals. Houbraken sagt nämlich: „Er hinterliess einen älteren Bruder,
Namens Antony Palamedes Stevers, welcher auch ein guter Maler war
sowohl in Bildnissen als in Gesellschaftsstücken. Dieser kam im Jahre
1636 zu Delft in die Lucasgilde und war zum letzten Male im Jahre
1673 Vorsteher dieser Gilde". Die näheren Angaben, dass er im Jahre
1604 geboren und 1680 gestorben sei, beruhen nicht auf älteren Nachrichten; wenn das von 1624 datirte Bildniss eines jungen 23jährigen Malers
von der Hand des A. Palamedes, welches sich in der Hausmann'schen
Sammlung befindet, den Meister selbst vorstellen sollte, so würde 1601 sein
Geburtsjahr sein; dafür aber, dass er noch im Jahre 1680 thätig war,
darf man nicht mit Waagen ein Reitergefecht der Berliner Galerie
(Nr. 982) anführen, da dasselbe nicht von 1680, sondern von 1630
datirt ist und ausserdem, wie sämmtliche Schlachtenbilder, von seinem
jüngeren Bruder herrührt. Die Gemälde des Meisters, welche ich nach
den Datirungen bisher vom Jahre 1624—1659 habe verfolgen können,
sind fast sämmtlich bezeichnet: A. Palamedes, und zwar meist, mögen es
Portraits oder Genrebilder sein, genau in derselben Weise. Die Bildnisse
sind von frischer Auffassung, sorgfältig im Machwerk und meist kühl in
der Färbung. Den kleinen Portraits, von denen ich in den öffentlichen
Sammlungen Deutschlands nur in Gotha das Brustbild eines älteren
Mannes vom Jahre 1648 kenne, thut man zuweilen die Ehre an, sie
für F. Hals zu halten. Aber bei aller äusseren Verwandtschaft, die uns
nicht daran zweifeln lässt, dass Hals der Lehrer unseres Meisters war,
erreicht doch keines dieser Bilder den Hals in seiner geistreichen, lebendigen Auffassung und Mache. Dasselbe gilt auch von den grösseren Portraits, welche wir in den Galerien von Schwerin (1635), Berlin,
Brüssel (1650) und in verschiedenen Privatsammlungen (mit den Daten
1624, 1644, 1659) zum Theil von tüchtiger Qualität vertreten finden.
In den Genrebildern des Meisters macht sich ein verwandtes Streben
geltend; es sind meist einfache Gesellschaftsstücke oder Scenen aus dem
Soldatenleben, die unter dem Namen von „Wachtstuben" bekannten und
beliebten Sujets. Von Dirk Hals unterscheiden sie sich durch eine
grössere Sorgfalt und mehr philiströse Einfachheit; die Zeichnung ist
fleissig, die Behandlung nicht leicht tuschend, sondern ausführend und
pastos; die kühle und gleichmässige Färbung der früheren Zeit wird in
den späteren Bildern durch einen warmen bräunlichen Ton und durch

ein Streben nach Helldunkel ersetzt. Gute Conversationsstücke befinden sich in den Galerien zu Berlin (zwei), in Gotha (zwei) in Frankfurt, in Mannheim, — Wachtstuben im Museum zu Braunschweig und zu Berlin. Auf dem letzteren hat Waagen fälschlich statt A. Palamedes die Bezeichnung A. G. Palamedes gelesen und dadurch den Meister ohne Grund um einen Vornamen bereichert. Häufiger als in den öffentlichen Sammlungen trifft man seine Bilder in Privatgalerien, namentlich in Wien bei Herrn Gsell (zwei), Fürst Liechtenstein (zwei, deren eine von 1648), Baron Rothschild. Unter zwei Wachtstuben der Sammlung Hausmann in Hannover ist die eine vom Jahre 1632 das schönste Bild, welches ich von dem Meister kenne. Sehr günstig erscheint Palamedes auch in den Staffagen, mit welchen er zuweilen die Architekturstücke des D. van Deelen belebt hat, unter denen ich nur die „Versammlung der Staaten von Holland" vom Jahre 1651 und „die Geschäftsstube eines Notars" von 1642 hervorhebe, ersteres in der öffentlichen Sammlung des Haag, letzteres beim Baron van Steengracht daselbst.

Noch mehr als Palamedes pflegt ein dritter Meister, der sogenannte Jan le Ducq, collectiv für die Gemälde der hier besprochenen Richtung in Anspruch genommen zu werden. Und eben so arg wie der Missbrauch seines Namens ist, ebenso confus ist seine Biographie. Man lässt den Meister im Jahre 1636 im Haag geboren sein, macht ihn zu einem Schüler des Paul Potter, den er in Thierstücken und Landschaften imitirte, während er daneben auch Scenen aus dem Soldatenleben malte; dieses zog ihn an in so hohem Maasse, dass er noch in späteren Jahren selbst Soldat wurde; im Jahre 1695 soll er im Haag gestorben sein. — Allerdings giebt es einen Maler Jan le Ducq, welcher nach seinen ziemlich seltenen aber fast regelmässig bezeichneten und datirten Bildern und einer Reihenfolge von radirten Blättern nach Hunden ein tüchtiger Thiermaler war und möglicher Weise auch ein Schüler des Paul Potter gewesen sein kann. Auf ihn beziehen sich jedenfalls die meisten jener biographischen Notizen. Aber von diesem Künstler ist unser Genremaler grundverschieden: Motive, Auffassung, Behandlung, selbst die Kostüme beweisen auf den ersten Blick, dass wir es hier mit einem Künstler zu thun haben, der um eine Generation älter ist als jener Thiermaler, und der — wenn er wirklich in einem verwandtschaftlichen Verhältniss zu demselben gestanden haben sollte — etwa der Vater desselben war. Die beste, ja bisher wohl die einzige Quelle für unseren Meister bieten uns seine Bilder, welche jedoch leider niemals datirt und nur selten bezeichnet sind. Unter den acht mir bekannten ächten Bezeichnungen findet sich ein Mal A. Le Duc, ein Mal A. v. Duc, zwei Mal A. Duc und vier

Mal *A.* DUCK, niemals aber der Vorname J. allein oder die Schreibweise Ducq, welche für jenen eben erwähnten Thiermaler die regelmässige ist. Nach der auffallenden Verwandtschaft dieser Bilder unter einander und mit den nicht bezeichneten Bildern glaube ich, dass dieselben nur einem Meister, also *J. A. van Duck* zuzuschreiben sind, dessen Thätigkeit wir nach seiner Behandlung und den Kostümen seiner Figuren etwa zwischen die Jahre 1630—1650 setzen müssen. Dass dieser Meister mit einem Jakob Duc ein und dieselbe Person sein soll, welcher zwischen den Jahren 1626 und 1646 als Maler in Utrecht nachweisbar ist, scheint mir schon desshalb unwahrscheinlich, da man von demselben historische Bilder erwähnt, und da die Radirungen, welche man ihm zuschreibt, keine Verwandtschaft mit den Gemälden des J. A. Duck haben; vier derselben stellen Maria und die drei Könige dar und sind „J. Duc fecit et excudit“ bezeichnet; die kleine Radirung eines Mannes trägt die Bezeichnung „J. D. inve. † Anno 1664“. Wir finden diese Verwirrung schon in G. Hoet's „Catalogus“, welcher unter dem Namen J. Leduc Genrebilder und Viehstücke und unter A. Leduc einige Genrebilder aufführt, von welchen ein den Dimensionen nach unbedeutendes Bild den damals sehr beträchtlichen Preis von 375 Gulden erreichte*). — Die Gemälde, welche wir unserem Genremaler J. A. Duck nach dem Vergleich mit den bezeichneten Werken mit Sicherheit zuschreiben können, lassen sich, bei aller Verwandtschaft mit den Bildern der beiden so eben besprochenen Maler Dirk Hals und A. Palamedes, unschwer von denselben unterscheiden. Freilich wählt derselbe seine Motive aus denselben Kreisen wie jene Meister, aber er ist mannigfacher und bewegter in ihnen; in der Behandlung unterscheidet er sich von D. Hals durch seine grössere Durchführung, die zuweilen selbst in Glätte ausartet, und durch seine Vorliebe für glänzende, schwer seidene Stoffe, von A. Palamedes durch eine gleichmässigere Beleuchtung, kühlere Färbung und weniger pastoses Machwerk. Man kann seine Bilder in farbige und fast farblose theilen. Die ersteren sind zuweilen von so feiner Zusammenstellung der Farben, von so meisterhafter Durchführung und Behandlung des Stofflichen, dass er sich ähnlichen Darstellungen Terborchs nähern; dagegen sind andere und zwar zweifellos ächte

---

*) Für die oben entwickelte Ansicht spricht eine kurze Notiz, die ich in der neuen Auflage des van der Willigen finde. Derselbe theilt nämlich (pag. 12) eine Liste von Bildern Haarlemer Künstler mit, welche im Jahre 1636 durch den Vorstand der Gilde selbst zur Verlosung kamen. Darunter befinden sich „images modernes de Duck“ zu 70 Gulden taxirt. Dass mit diesem Ausdrucke ein Gesellschaftsstück gemeint ist, beweist die Anwendung derselben Bezeichnung für ein Gemälde des Dirk Hals. Duck war also ein Haarlemer Künstler.

Gemälde des Meisters wieder in Färbung und Zeichnung nachlässig und lüderlich. Eine eigenthümliche Schwäche, welche in einzelnen Bildern hervortritt, in denen er grössere Räume staffirt, ist eine sehr auffallende Vernachlässigung der Linienperspective. — In den öffentlichen Sammlungen Deutschlands sind die Gemälde unseres Meisters nicht gerade selten. Die Galerie zu Gotha besitzt allein fünf ächte Bilder, von denen mehrere sehr lebendig, aber auch, wie es häufig bei dem Meister der Fall ist, theilweise recht lax im Sujet sind; zu den besten, farbigen Werken gehören die Bilder in den Sammlungen zu Göttingen, Weimar, Meiningen, Carlsruhe, Stuttgart, Schleissheim, Berlin, welche je ein Bild enthalten; unbedeutender sind die Gemälde in München, im Belvedere und in der Akademie zu Wien, in Hamburg, Schwerin und Ludwigslust. Von grossem Fleiss und Reiz der Durchführung sind die kleinen Portraits, welche zuweilen von ihm vorkommen, wie zwei Bildnisse eines und desselben Mannes in Dresden und zwei kleine Brustbilder in Woerlitz. Unter den Privatsammlungen sind namentlich die Wiener Galerien aussergewöhnlich reich an Bildern des Meisters, unter denen ich wenigstens zwei beim Fürst Liechtenstein hervorheben möchte. Das eine, welches zwei Trictracspieler darstellt, denen zwei Soldaten zuschauen, ist bei ungewöhnlicher Grösse der Figuren von solcher Feinheit der Zeichnung, solcher Leichtigkeit der Mache und so harmonischer Färbung, dass ich es für das bedeutendste Werk des Meisters halten möchte. Das zweite steht durch Umfang wie durch die Darstellung ganz einzig da: es stellt in mehr als hundert Figuren die verschiedenen Scenen einer Schlacht dar. Bei allem Reichthum an Motiven, bei aussergewöhnlich mannigfaltiger und lebendiger Charakteristik fehlt durchaus der Eindruck eines abgerundeten Bildes; man sieht, dass der Meister weder zur Bewältigung so zahlreicher Figuren und Gruppen befähigt war, noch sich gewöhnt hatte, dieselben in freiem Tageslicht zu sehen.

Nach diesen drei bedeutendsten und bekanntesten Künstlern bleiben uns noch eine Reihe von Meistern derselben Richtung zu betrachten, die wenig oder gar nicht bekannt sind, da ihre meist sehr seltenen Werke nur ausnahmsweise in öffentlichen Sammlungen vorkommen und dann gewöhnlich unter den Namen Palamedes oder Duck passiren.

Hierher gehört der Vater des berühmten Paul Potter, *Pieter Potter*, von dessen Biographie uns der Monograph des grossen Thiermalers, T. van Westrheene (p. 30 ff.) die auf Urkunden beruhenden Notizen giebt, dass Pieter Potter aus einer Patrizierfamilie von Enkhuizen sich im Jahre 1622 dort verheirathete, 1631 nach Amsterdam übersiedelte und dort im Jahre 1640 noch am Leben war. Die gewöhnliche Angabe, dass der

Meister 1587 geboren und um 1642 gestorben sei, ist in Bezug auf das letztere Datum jedenfalls falsch, da noch datirte Bilder aus den Jahren 1643 und 1646 vorkommen. Pieter Potter hat in seinen Gemälden, deren Compositionen uns noch durch eine Reihe von Stichen von P. Nolpe und G. de Heer erhalten sind, alle erdenklichen Gegenstände behandelt; als einen Meister aus der Schule des F. Hals lernen wir ihn in einigen auf uns gekommenen Bildern aus dem Soldatenleben und verschiedenen Stilleben kennen, auf die ich noch später zurückkommen werde. Jene Genrebilder sind in einem ähnlichen grauen Gesammtton gehalten wie eine Anzahl von Bildern des J. A. Duck, allein die Behandlung ist kräftiger, der Auftrag körniger. Diese Verwandtschaft, verbunden mit dem Umstande, dass Paulus Potter als Lehrer des J. le Ducq genannt wird, hat Burger zu der Vermuthung gebracht, dass hier eine Verwechselung vorläge, indem Pieter Potter, welchen er gleichfalls bereits für einen Schüler des Frans Hals erklärt, der Lehrer von J. A. Duck gewesen sei. Aber abgesehen davon, dass wir wohl den Paulus Potter als Lehrer des Thiermaler Jan le Ducq festhalten dürfen, scheint mir ein Vergleich der Gemälde des Pieter Potter und des J. A. Duck dafür zu sprechen, dass beide etwa gleichzeitig — ohne dass Einer den Andern beeinflusst habe — in der Schule des F. Hals oder doch ganz unter seinem und seiner Schüler Einflusse sich ausgebildet haben. Von Genrebildern des Pieter Potter sind mir folgende bekannt: Trictracspieler vom Jahre 1629 im Museum zu Kopenhagen, ein ähnlicher Gegenstand unter dem Namen le Ducq in der städtischen Galerie zu Frankfurt, zwei Wachtstuben von 1632 im Privatbesitz zu Berlin, die kleine Studie eines jungen Cavaliers von 1640 in der Galerie Schönborn zu Wien, endlich bei Herrn Goldsmith im Haag ein Guitarrespieler, der an Eleganz und leichter Mache den besten Dirk Hals gleichsteht. Wie Rembrandt's Kunst in der späteren Zeit auf den Meister eingewirkt hat, wie oberflächlich er aber dieselbe erfasste, davon geben zwei Bilder im Museum zu Mainz und im Amalienstift zu Dessau einen Begriff, von denen ersteres aus dem Jahre 1640 ein Mädchen, das in der Küche beschäftigt ist, letzeres vom Jahre 1643 die Verstossung der Hagar darstellt.

Ein sehr tüchtiger und vielseitiger Meister der besprochenen Richtung, *Pieter Codde*, ist heute in der Kunstgeschichte ganz vergessen. Wo man auf Bildern sein Monogramm ℭ gefunden und beachtet, hat man es entweder als die Bezeichnung des A. Palamedes genommen oder (wie Waagen „Kunstdenkmäler in Wien" I. 319) einen neuen C. Palamedes daraus zu machen versucht. Dass der Meister, der auch heute noch unter den Kunsthändlern bekannt ist, im vorigen Jahrhundert noch

sehr geachtet war, beweist der Preis von 70 Gulden, welcher nach G. Hoet
für ein „Myziek en Kaertspeel" gezahlt wurde, eine Summe, welche weder
Frans noch Dirk Hals in jener Zeit erreicht haben. Wie sehr der Meister
eine nähere Beachtung verdient, davon wird Jeder überzeugt sein, welcher
sein Hauptbild in der Galerie des Herrn. Gsell in Wien gesehen hat, das
einzige Bild, auf welchem ich bisher neben jenem Monogramm auch die
Jahreszahl — und zwar 1633, nicht 1652 wie Waagen angiebt — gefunden habe. Das einfache Motiv, eine Gesellschaft von 15 Herren und
Damen in reichen Costümen zu geselliger Unterhaltung, zu Spiel und
Tanz versammelt, ist bei aller Einfachheit so lebendig gegeben, die
Durchführung und die Behandlung und Färbung der Stoffe so ausserordentlich fein, dass sich kein Bild des A. Palamedes, dem hier Codde
am meisten verwandt ist, diesem an die Seite setzen könnte. Dass auch
die Entwicklung des Meisters eine ähnliche war wie die des A. Palamedes, geht aus einem zweiten gleichfalls monogrammirten Bilde derselben
Sammlung hervor, einer Gesellschaft von Soldaten, die Würfel spielen.
Statt der hellen gleichmässigen Beleuchtung ist in diesem Bilde, das wohl
um 20 Jahr später entstanden ist, ein Helldunkel und ein warmer brauner
Gesammtton maassgebend, statt der sorgfältigen pastosen Behandlung ein
breites, flüssiges Machwerk, ähnlich wie in den Wachtstuben des A. Palamedes und in den Wirthshausscenen des J. M. Molenaer. Ausser diesen
Bildern sind mir noch folgende bekannt, die das Monogramm tragen: Zwei
grössere und meisterliche Gesellschaftsstücke aus der besten Zeit des
Meisters im Privatbesitz zu Berlin, „ein Herr und eine Dame in Unterhaltung" im Privatbesitz zu Hamburg, „eine Dame am Putztisch" in
der Sammlung Goldsmith im Haag, ein ähnlicher Gegenstand, aber nicht
von gleicher Güte bei einem Kunsthändler in Berlin, endlich „marodirende
Soldaten" in der Galerie zu Dresden (Nr. 1486), welche unter den
Namen A. Palamedes, Jan le Ducq und A. Duc gehen. Nach der Verwandtschaft mit diesen Bildern glaube ich noch folgende Bilder, die nicht
bezeichnet sind, unserem Meister zuschreiben zu dürfen: „Räuber, welche
Reisende ausplündern" in der Galerie zu Braunschweig unter den Namen
C. Bega (Nr. 592), eine genaue Wiederholung dieses Gegenstandes in der
Galerie Liechtenstein zu Wien; „eine Wirthin und ein Soldat" im Belvedere
zu Wien (VI. Nr. 19) unter der Bezeichnung: Schule des Teniers; eine
„Gesellschaft beim Mahle" in Schleissheim (Nr. 358) und eine „musicirende Gesellschaft" beim Fürsten Liechtenstein. Von diesen beiden Bildern, welche die ganz merkwürdigen Benennungen Gonzales Coques und Pieter de Grebber tragen, ist die letztere Bezeichnung höchst wahrscheinlich aus
dem Bestreben hervorgegangen, das Monogramm zu erklären, welches ich

freilich auf dem Bilde nicht mehr gefunden habe. Während sich die früheren Bilder des Meisters durch eine sorgfältige Behandlung und helle und kühle Färbung kennzeichnen, sind die späteren theils in einer fast monochromen grauen Färbung oder in einem warmen und farbigen Tone gehalten.

Von einen andern Maler, von *Jan Kick*, über welchen gleichfalls Nichts bekannt ist, weiss ich leider kein Bild in einer öffentlichen Sammlung nachzuweisen. Ein bezeichnetes und von Jahre 1648 datirtes Gemälde des Meisters befand sich früher im Privatbesitz zu Berlin: in einem Stalle sitzen zwei Offiziere, während im Hintergrunde mehrere Soldaten beschäftigt sind. Die kühle Färbung, die Zeichnung der ungewöhnlich grossen Figuren sind so meisterhaft, dass der Künstler im hohen Maasse Aufmerksamkeit verdient; er steht in seiner Behandlung etwa zwischen J. A. Duck und G. Terborch mitten inne. Bei G. Hoet (L. pag. 583) finde ich den Meister nur ein Mal erwähnt, nämlich mit einer „Kortegaard," welche für 11 Gulden versteigert wurde.

Auch die folgenden Meister vermag ich nur nach den Aufschriften auf Bildern anzuführen. Mit dem Namen *Limborch* ist eine musicirende Gesellschaft von Herren und Damen in der Galerie Liechtenstein bezeichnet, in einem blonden Tone, aber in Zeichnung und Färbung etwas flau.

M. v. Musscher ist die Aufschrift auf dem kleinen Bildnisse eines vornehmen Herrn in ganzer Figur, welches nach Kostüm und Behandlung etwa um 1630 entstanden ist, und daher nicht von dem bekannten Bildnissmaler gleichen Namens herrühren kann, welcher 1645 zu Rotterdam geboren wurde. In eleganter Auffassung, leichter und flüssiger Mache erinnert dies Bildniss ausserordentlich an ähnliche Arbeiten des P. Potter und A. Palamedes.

Aehnlich muss auch nach Waagen's Beschreibung („Kunstwerke und Künstler in Deutschland" p. 115) ein kleines zu Bamberg befindliches Bildniss eines Mannes sein, welcher stehend die Laute spielt, „in der Art des Palamedes gemalt, nur delicater, wärmer und klarer;" es ist *W. Bartsius* 1635 bezeichnet.

Im Rathhause zu Nürnberg befindet sich ein grosses Conversationsstück, *Hulsman* 1644 bezeichnet, welches ebenfalls hierher gehört: in einem schönen Parke unterhält sich eine Gesellschaft vornehmer Herren und Damen in verschiedenen Gruppen beim Mahl und Spiel unter den schattigen Laubengängen. Mit der frischen heiteren Auffassung harmonirt die helle und kräftige Färbung des Bildes; die Behandlung ist leicht und flott, die Figuren sind aussergewöhnlich lebendig und individuell charakterisirt. Möglich, dass Hans Holsman aus Köln der Meister dieses Bildes ist, welchen C. de Bie (pag. 145) und nach ihm Houbraken, aber leider nur dem Namen nach erwähnen.

Ich darf hier ein freilich nur mit dem Monogramme F. W., welches ich nicht zu entziffern vermag, bezeichnetes Bild nicht unerwähnt lassen, das sich in der Galerie Liechtenstein zu Wien befindet: zwei Herren begleiten den Gesang von zwei jungen Damen; hinter denselben ist die Figur eines weingerötheten Alten angebracht, welcher, einen Kranz von Eiern, Würsten und Ziegenfüssen um die Brust, in heiterster Laune seinen zinnernen Krug zum Toast auf die Liebe erhebt — eine Figur, welche von mehreren Meistern dieser Richtung, namentlich von Dirk Hals zu verschiedenen Malen fast unverändert angebracht ist. Nach den Kostümen ist das Bild um 1625 entstanden. In der sicheren und breiten Zeichnung, der kühlen Färbung, einer etwas trockenen aber durchaus nicht peniblen Behandlung lernen wir hier einen tüchtigen Schüler aus der ersten Zeit des F. Hals kennen, einen Mitschüler des Dirk Hals, dessen Typen auch in seinen Figuren wiederkehren.

Ehe ich von dieser Gruppe von Malern scheide, möchte ich noch kurz auf wenige sehr verwandte Meister hinweisen, welche mit jenen leicht verwechselt werden, welche aber bestimmt nicht hierher zu rechnen sind. Namentlich ist dies der Fall mit *Christoffel Jacobz van der Laenen*, einem Antwerpener Meister, welchem C. de Bie (pag. 159) eine ganze Seite langathmiger Verse widmet, leider ohne dabei Details über seine Biographie zu geben. Das einzige Datum, welches ich auf seinen Bildern gefunden habe, ist von 1640. Er gilt für einen Schüler vom jüngeren Frans Franken und zwar nach seinen Darstellungen und seiner bräunlichen Färbung wohl nicht mit Unrecht. Von D. Hals und den übrigen Meistern, welche wir bisher betrachtet haben, unterscheidet er sich — bei gleicher Wahl der Gegenstände — durch grössere Gleichförmigkeit, selbst Eintönigkeit seiner Compositionen und Figuren, seine tiefere Färbung, braunen etwas schweren Gesammtton und plattere Behandlung. Falls seine Bilder nicht bezeichnet sind, gehen sie fast regelmässig unter den Namen J. le Ducq oder Palamedes; so in öffentlichen deutschen Sammlungen Bilder in Meiningen (Nr. 125), in Gotha (VIII. 22) in Darmstadt, im städtischen Museum zu Frankfurt. — Sehr viel lebendiger, heller in der Färbung, besser in der Zeichnung ist ein anderer jetzt fast vergessener Antwerpener Meister, *Anton Goubau*, über welchen der Catalog des Antwerpener Museums (pag. 275 ff.) sehr ausführliche Notizen giebt. Von seinen früher sehr beliebten italienischen Städteansichten befinden sich zwei vom Jahre 1662 und 1680 in Antwerpen, eine dritte in Braunschweig. Seine Lagerscenen, welche uns hier allein interessiren wegen ihrer grossen Verwandtschaft mit ähnlichen Scenen von J. A. Duck, scheinen seiner früheren Zeit anzugehören, da eine derselben in der Sammlung zu Meiningen von 1639 datirt ist; eine zweite sehr verwandte befindet sich in der städtischen Galerie zu Prag. Mit diesen beiden Bildern haben die Gemälde eines dritten Künstlers viel Verwandtes, den ich gleichfalls hieher rechnen möchte. Von den drei Bildern, die mir von ihm bekannt sind, befinden sich zwei unter dem Namen S. Bourdon in der Galerie zu Cassel (Nr. 456 und 457), ein drittes bei Fürst Liechtenstein. Sie stellen ganz ähnliche Lagerscenen dar wie die genannten Bilder von Goubau. Nach der Aufschrift, welche sich (nebst Datum 1643) auf einer Tafel des einen Casseler Bildes befindet, hat Woltmann (Zeitschrift für bildende Kunst 1870. pag. 305). den Meister „Bonnyn" genannt. Ob damit aber wirklich ein Künstlername gegeben ist, scheint mir vorläufig noch sehr zweifelhaft, da die Inschrift auf dieser Tafel an einen grünen Kranze angebracht ist, welcher sich vor einem Marketenderzelte befindet und — wie es ja noch heute an vielen Orten Sitte ist — auf Vorräthe frischen Weines hindeuten soll. Ich glaube daher, dass wahrscheinlicher „bon wyn" als „bonnyn" zu lesen sein möchte, zumal ich dieselbe Aufschrift in gleicher Bedeutung schon auf mehreren Bildern von verschiedenen holländischen Meistern angetroffen habe.

Ehe ich von dieser Gruppe scheide, muss ich noch eines Meisters Erwähnung thun, der gewissermaassen auf der Grenze zwischen Dirk Hals und Brouwer steht. Es ist *Molenaer*. Ueber die verschiedenen Glieder der Künstlerfamilie Molenaer besitzen wir leider so wenig biographische Notizen, dass die Verwirrung hier eine aussergewöhnlich grosse ist. Am besten berichtet sind wir über *Cornelis Molenaer*, genannt *Neel de Scheeler*, welcher im Jahre 1540 zu Antwerpen geboren und später nach Amsterdam übergesiedelt sein soll; er ist ein mässiger Landschaftsmaler, der sich an die Antwerpener Schule anschliesst. Mit diesem Meister verwechselt man häufig einen anderen Landschaftsmaler, den *Nicolaas Molenaer*, der mindestens zwei Generationen jünger ist, wie seine meist nach 1650 datirten Bilder beweisen. Diese Verwechselung beruht auf der Verwandtschaft zwischen den Bezeichnungen beider Meister, indem der jüngere Maler Klaas Molenaer gewöhnlich mit K. oder C. Molenaer oder auch mit C. M. signirt, und mit diesem letzeren Monogramme sind auch die wenigen Bilder des Cornelis Molenaer, welche uns bekannt sind, bezeichnet. Die Landschaften des N. Molenaer werden von anderen, namentlich von Waagen irrthümlich dem bekannnten Genremaler *Jan Miensen Molenaer* zugeschrieben, welchen ich für einen Bruder des Landschafters halten möchte, da ich das Portrait desselben in seinen Landschaften angebracht gefunden habe. Die Bilder dieses beliebten und durchaus nicht seltenen Genremalers sind in der Regel J. Molenaer, auch Jan Molenaer oder J.

Miensen Molenaer bezeichnet, auf einigen befindet sich auch das Monogramm J. M. R. welches durch Verschränkung dieser Buchstaben gebildet ist; die seltenen Datirungen fallen meist in die Zeit zwischen 1650 und 1660. Mit diesem Meister kann ein anderer Genremaler nicht ein und dieselbe Person sein, von welchem sich in der Galerie zu Berlin ein Bild aus dem Jahre 1631, in der Braunschweiger Sammlung eines von 1630 befindet; beide sind J. M. Rolenaer bezeichnet und zwar sind die ersten drei Buchstaben ganz ähnlich verschränkt wie in dem eben erwähnten Monogramme des Jan Miensen Molenaer. Während die zahlreichen Bilder des Letzteren nach Auffassung und Behandlung, nach Helldunkel, nach dem braunen Gesammtton, der flüssigen und breiten Malweise einer Zeit angehören, welche in ihrer Richtung schon ganz durch Rembrandt bestimmt ist, schliessen sich die beiden eben erwähnten Bilder in der hellen Beleuchtung, in der breiten markigen Zeichnung wie in dem feinen grauen Ton und den positiven Farben der Schule des Frans Hals durchaus an und zwar enger an den grossen Meister als selbst sein Bruder Dirk Hals. Ein äusserer Grund bestätigt diese innere Verschiedenheit. Auf einer Reihe von Bildern des J. M. Molenaer, deren Datirungen sämmtlich nach 1650 fallen, begegnet uns, bald betheiligt, bald nur als Zuschauer, ein und dasselbe junge Ehepaar, in welchem wir wohl nach zahlreichen Analogien den Meister und seine Gattin zu erkennen berechtigt sind; dieser kann daher unmöglich schon im Jahre 1630 als Maler thätig gewesen sein. Uebrigens scheint uns auch das Bildniss jenes älteren Genremalers Molenaer, des Schülers von F. Hals, erhalten zu sein; das erwähnte Bild der Berliner Galerie vom Jahre 1631 stellt nämlich das Atelier eines jungen Malers dar; derselbe ist im Begriff einen Leyermann zu malen, der nach seinen Melodien einen Zwerg mit einem Hunde tanzen lässt — eine Scene, an welcher sich eine anwesende junge Frau und ein zweiter ganz jugendlicher Maler köstlich ergötzen. Von gleicher Güte ist auch das Bild des Braunschweiger Museums vom Jahre 1630, welches uns einen Zahnkünstler zeigt, dessen Operationen eine Anzahl Zuschauer bewundern. Das Bild ist ebenso reich und komisch in den Motiven wie breit und wirkungsvoll im Machwerk. Ein drittes Bild, welches Männer und Weiber bei Musik und Kartenspiel darstellt, in der Galerie zu Schwerin, trägt zwar keine Bezeichnung, scheint mir aber nach der grossen Verwandtschaft mit Sicherheit unserem Meister zugeschrieben werden zu müssen. — Von welchem Molenaer die drei seltenen Radirungen herrühren, die man unter diesem Namen aufführt, vermag ich nicht zu entscheiden, da ich nur die bekannteste derselben das sog. „Hurenhaus" gesehen habe, ein unbedeutendes, wenig charakteristisches Blatt, das unbezeichnet ist.

Das Blatt mit der Kuchenbäckerin ist Johanes Molenaer 1641 bezeichnet, ist also wahrscheinlich dem Schüler des Frans Hals zuzuschreiben. Wir hätten also unter den Meistern Namens Molenaer folgende drei Generationen zu unterscheiden, welche vielleicht in verwandtschaftlichem Verhältnisse stehen: den Landschafter Cornelis Molenaer — den Genremaler Jan (?) Molenaer aus der Schule des F. Hals — den Genremaler Jan Miensen Molenaer und den Landschafter Nicolaus Molenaer *).

Die eben besprochenen Gemälde des älteren Molenaer bilden durch die Wahl ihrer Motive und durch die reichere und lebendigere Darstellung den Uebergang zu den beiden bekanntesten und bedeutendsten Schülern, welche F. Hals herangebildet hat, zu *Adriaen Brouwer* und *Adriaen Ostade*. Schon der Kreis, aus welchem diese Meister ihre Darstellungen entnehmen, das Leben und Treiben der holländischen Bauern, bedingt einen Theil der wesentlichen Abweichungen, durch die sich beide von der bisher betrachteten Gruppe der Schüler des Frans Hals unterscheiden. Die Scenen, welche uns Dirk Hals und die ihm verwandten Meister schilderten, führten uns in das Treiben einer Welt, die bei aller Ungebundenheit doch nicht völlig naiv war, sondern in ihrem äusseren Erscheinen die höheren Kreise copirte und selbst karikirte. Jene ausgelassene Soldatesca und die wilde Jugend in ihrem Gefolge bot dem Maler in dem einzelnen Individuum wenig Interesse, um so mehr aber in ihrer eleganten und reichen Erscheinung, in ihrem allgemeinen malerischen Treiben, und nur dieses in seiner vollen Aeusserlichkeit wollten und konnten jene Meister zum Ausdruck bringen. Diese pittoreske Aussenseite bot freilich die holländische Bauernwelt nicht dar; der Maler musste hier bereits tiefer eingehen: die frische Naivität, die ungeschminkte Kraft der Leidenschaften, welche sich in diesem Stande erhalten hatte, forderte ein näheres Eingehen auf die Individualität des Einzelnen und zugleich das Streben nach künstlerischer Anordnung der Scenen. Dass diese Aufgabe eine höhere Begabung er-

---

*) Van der Williger theilt über die Molenaer folgende Notizen mit, die jedoch noch kein abschliessendes Resultat ergeben. Ein Johannes Molenaer aus Haarlem, von dem aber nicht sicher ist, ob er Maler war, verheirathete sich 1636 mit der Malerin Judith Leyster, er starb im Jahre 1685. Jan Miensen Molenaer, aus Haarlem gebürtig, starb im September 1668. Ein Bartholomeus Molenaer wurde 1640 Mitglied der Haarlemer Gilde. Nicolaas trat 1651 in dieselbe ein, er starb im December 1676. Endlich ist noch im Jahre 1685 ein Jan Molenaer in die Lucasgilde aufgenommen, der Sohn eines Jan Jacobsse Molenaer, der im Jahre 1654 geboren war.

forderte, geht daraus hervor, dass sich derselben Talente wie Brouwer und Ostade, aber auch nur diese von allen Schülern des F. Hals unterzogen. Beide haben dieselben mit höchster Meisterschaft gelöst, aber Beide auf sehr verschiedenen Wegen: Brouwer erscheint im Verlaufe seiner gesammten künstlerischen Thätigkeit stets als ein ächter Schüler des Hals, Ostade charakterisirt sich als solcher nur eine Zeit lang und erlangt, wie wir sehen werden, seine volle künstlerische Eigenthümlichkeit erst unter dem Einflusse von Rembrandt's Kunstweise.

Adriaen Brouwer ist unter den Schülern des Frans Hals derjenige, welcher sein innerstes Wesen am tiefsten in sich aufgenommen und zugleich am selbständigsten verarbeitet hat; beide Meister sind ganze Künstler: der Eine als Bildnissmaler, der Andere als Genremaler. Hals giebt — wie wir sahen — selbst in seinen figurenreicheren Genrebildern nur eine Zusammenstellung portraitartiger Volksstudien; Brouwer giebt dagegen selbst in seinen Einzelfiguren stets ein abgerundetes Genrebild. Daher geht mit seinem Streben nach Charakteristik die Betonung der Composition Hand in Hand; denn in dem Kreise, welchem er seine Darstellungen entnimmt, bietet das einzelne Individuum nicht jenes packende und dauernde Interesse wie die Bildnisse des F. Hals, bietet die äussere Erscheinung derselben nicht jenen eleganten malerischen Reiz wie die Gesellschaften des Dirk Hals; der Meister muss sich ganz versenken in das bewegte, schrankenlose Leben seines Völkchens, muss uns die mannigfachen Scenen desselben in abgerundeter Form wiedergeben. Und hierin, in der Naivität seiner Schilderung, in der charaktervollen ächt humoristischen Auffassung und der vollendeten künstlerischen Freiheit können wir schwerlich einen zweiten Meister dem Brouwer an die Seite setzen. Man hat ihn wegen der ausserordentlichen Lebendigkeit und Bewegung seiner Schilderung einen Flamänder — den Rubens unter den Genremalern genannt; aber man verkennt und übersieht dabei ganz die Eigenthümlichkeit der älteren holländischen Malerei, deren künstlerisch vollendeter Repräsentant im Genre gerade Brouwer ist. Wohnt nicht den Bildnissen des F. Hals dieselbe gesteigerte Lebensfähigkeit inne? Spricht es nicht jeder ihrer Züge aus, dass sie für Freiheit und Vaterland jeden Augenblick das Schwert zu ziehen bereit sind, wie jene Burschen des Brouwer für den Stuiver, um den sie im Spiele geprellt sind! Es ist die gleiche Welt, die aus den Bildern des Hals wie des Brouwer hervorschaut, wenn auch in ihren entgegengesetzten Polen. Daher sind auch die Gesetze, die Hals für die Grosse Kunst aufstellt, von Brouwer im Kleinen wiedergegeben. Für seine Zwecke hat der Meister die Farbengebung, das Colorit des Hals entsprechend modificirt, den breiten markigen Vortrag desselben in seiner leichten tuschenden Pinselführung wiedergegeben, die mit den geringsten Mitteln das Ausserordentlichste erreicht; auch in seiner Beleuchtung bleibt er dem Lehrer treu, jedoch weiss er das einfache Tageslicht, den Weindunst der Kneipe meisterlich zur Abrundung seiner Compositionen zu benutzen. Wie sehr diese Eigenschaften Brouwer's, die naivste Auffassung verbunden mit der vollendetsten künstlerischen Ausführung, welche ihn zum höchsten Genie unter den Genremalern aller Zeiten machen, schon von seinen Zeitgenossen erkannt und gewürdigt wurden, dafür mag hier allein das sprechende Zeugniss angeführt sein, dass Rubens' Sammlung 17 Gemälde von Brouwer's Hand, die Sammlung Rembrandt's 7 Bilder und eine Mappe mit Zeichnungen des Meisters enthielt. Es liegt ausserhalb des Zweckes dieser Arbeit, näher auf Leben und Thätigkeit des grossen Meisters einzugehen. Es wäre dies für die niederländische Kunstforschung eine der dringendsten und lohnendsten Aufgaben, da sowohl die Biographie des Meisters erst nach strengster Sichtung des vorhandenen Materials und durch neue Forschungen einigermaassen aufgeklärt werden kann*), wie eine Würdigung des Künstlers erst möglich ist, nachdem man in kritischster Weise die seltenen echten Werke des Meister von der werthlosen Spreu gesondert hätte.

Grundverschieden wie die Kunstweise des *Adriaen Ostade* von der des A. Brouwer ist auch ihre Entwicklung. Wenige Jahre später geboren als Rembrandt, überlebt Ostade denselben noch um 16 Jahre; seine Entwicklung zeigt uns nach der Ausbildung, welche der junge Meister unter Frans Hals erlangte, erst unter Rembrandt's Einfluss den Aufschwung zu seiner künstlerischen Eigenthümlichkeit, während die Thätigkeit seiner letzten Jahre bereits die Spuren des Verfalls verrathen, welcher schon eine Zeit lang über die holländische Kunst hereingebrochen war. Von um so höherem Interesse ist es, bei A. v. Ostade die Zeit seiner Entwicklung unter F. Hals und den dauernden Erwerb, welchen er aus derselben geschöpft hat, näher zu betrachten, zumal da man diese Periode seiner Thätigkeit — fast ein volles Jahrzehnt — ganz ignorirt hat. Diesen Fehler begeht namentlich auch der neueste Biograph des Ostade, Dr. Gaedertz, wie ich an einer anderen Stelle näher auseinandergesetzt habe**).

---

*) Höchst interessant ist in dieser Beziehung die neueste Entdeckung van der Willigen's, nach welcher Brouwer in Haarlem und nicht in Antwerpen gestorben ist. Das Haarlemer Sterberegister enthält unter dem 31 März 1640 folgende Notiz: „Für die Oeffnung eines Grabes in der grossen Kirche für Adriaen Brouwer; die Glocken haben eine halbe Stunde geläutet. 8 fl." Sollte sich diese Notiz wirklich auf unsern Künstler beziehen?

**) Zeitschrift für bildende Kunst. V. Jahrg., 1870, pag. 20 f. 59 f. Der letzte mögliche Zweifel an der Herkunft Ostade's aus Haarlem ist durch die neuesten Entdeckungen van der Willigen's (pag. 235 ff.) gehoben.

Und doch sind Bilder dieser Zeit durchaus nicht selten; wir können den Meister in deutschen Sammlungen, soweit mir bekannt, etwa in 30 Gemälden von 1630 (?), sicher aber von 1632 bis 1639 von Jahr zu Jahr verfolgen, seine Entwicklung von Schritt zu Schritt beobachten. Freilich will man in öffentlichen Galerien diese Bilder gewöhnlich nicht als Originalwerke des Adriaen van Ostade gelten lassen, obgleich sie fast regelmässig bezeichnet und datirt sind; so heisst man in Dresden ein solches Bild Brouwer (Nr. 1209), im Bevedere zu Wien (Nr. 43. VI) und in der Akademie daselbst (Nr. 437) Isaak Ostade. Die beste Gelegenheit zum Studium dieser Zeit bieten die Wiener Privatgalerien, in welchen ungefähr ein Dutzend Werke aus derselben vorhanden sind. Was diese Periode, welche etwa mit dem Jahre 1639 ihren Abschluss erreicht, wesentlich von der späteren Zeit des Meisters unterscheidet, liegt sowohl in der Auffassung wie in der Behandlung. Statt des gemüthlichen Humors, statt der Poesie und des behäbigen Kleinbürgerthums, welche den späteren Bildern gemeinsam sind, kennzeichnet diese früheren Arbeiten ein Streben nach Charakteristik, nach Leben und Bewegung, ein derber Humor im Geiste des Hals und des Brouwer, — und zwar mehr nach einer lebendigen Schilderung der bestimmten Scene, der Schmausereien, Reigen, Tänze und Raufereien seines ausgelassenen Bauernvolkes, als nach einer charakteristischen Ausprägung aller einzelnen Individualitäten. Seine Figuren sind desshalb mehr typisch und selbst mehr Caricaturen als die Wesen des Adriaen Brouwer. Seine Behandlung, die anfangs etwas sorgfältig und trocken war, wird bald völlig frei und leicht; die Färbung ist von vorn herein sehr durch den Ton gemässigt, der in den ersten Bildern kühl und hell, später blond und leuchtend wird. Ein dem Frans Hals wie seiner Schule durchaus fremder Zug ist bereits in den frühesten Bildern des A. van Ostade scharf ausgeprägt, nämlich das Streben nach Helldunkel, dem sich auch die Composition des Meisters unterordnet. Schon diese Eigenthümlichkeit macht es erklärlich, dass Rembrandt's Kunstweise an dem auch geistig ihm verwandten Meister nicht gleichgültig vorübergehen konnte. Bereits im Jahre 1638 beginnt denn auch der Einfluss Rembrandt's sich geltend zu machen, und zwar anfangs mehr im Machwerk, nach einigen Jahren jedoch auch in der Auffassung, in der Schilderung des schlichten Lebens der unteren Stände, das er mit ebenso viel Naivität wie gemüthvollem Humor in unerreichter Meisterschaft zum Ausdruck gebracht hat.

Als einen Beweis für die Bedeutung, welche das Studium der Bezeichnungen und Monogramme für die Bestimmung der Werke, für die Kritik derselben und selbst für die Biographie des Künstlers haben kann, will ich hier auf die historische Entwicklung der Bezeichnungen Ostade's hinweisen, mit welchen fast sämmtliche Bilder desselben versehen sind. Von einzelnen Ausnahmen abgesehen bezeichnet der Meister:

> *Av. Oſtaden*
> *A. oſtaden* } bis 1635.
> *Av. oſta de·* 1636—43.
> *AV. OSTADE* 1640—50.
> *Av. Ostade* nach 1650.

  A. Brouwer und A. v. Ostade sind als Schüler des F. Hals allgemein bekannt; wenn ich jetzt den Versuch machen werde, auch *Jan Steen, Gerard Terborch* und *Gabriel Metsu* — also mit Ausnahme des G. Dov alle die bekanntesten Meister des Genre der Schule oder doch dem Einflusse des F. Hals zu annectiren, so werde ich freilich der allgemeinen Meinung gegenüber einen schweren Stand haben. Allerdings dürfen wir diese Meister, um zu jenem Resultate zu gelangen, nicht in ihrer Vollendung betrachten, sondern, wie wir es schon bei Ostade gethan haben, in ihrer Entwicklung. Es kann mir nicht einfallen, diesen Meistern ihre Stellung in der Schule des Frans Hals, in der durch ihn am schärfsten ausgeprägten Richtung der älteren holländischen Malerei anzuweisen; sie gehen in ihrer Entwicklung weit über dieselbe hinaus, gehören, wie ja auch Adriaen van Ostade, der durch Rembrandt eingeleiteten und bestimmten Glanzperiode der holländischen Kunst an. Und es kann daher nur die Aufgabe sein, Hals für diese Meister als den Ausgangspunkt ihrer Entwicklung nachzuweisen und in ihrer vollendeten Kunstweise noch die Spuren von dem zu entdecken, was sie jener ersten Schule und Schulung verdanken. Wenn ich schon früher bei verschiedenen Meistern nicht zu entscheiden gewagt habe, ob gerade Frans Hals selbst oder einer seiner Schüler oder nur seine Werke dieselben angeregt und ausgebildet haben, so kann eine solche Frage um so weniger hier aufgeworfen werden bei Künstlern ersten Ranges und bei dem Mangel an irgend welchen Nachrichten.

  Jan Steen verdankt seinen besonderen, ehrenvollen Platz unter den Genremalern vor allem seiner treffenden Auffassung der menschlichen Schwächen in den verschiedensten Charakteren, in den verschiedensten Ständen, dem launigen und sarkastischen Humor, mit welchem er dieselben in den mannigfachsten Situationen darzustellen und zu geisseln

versteht. Seine Phantasie ist ganz unerschöpflich darin, die komischen
Seiten des alltäglichen Lebens zu erfassen und ihnen einen malerischen
Ausdruck zu geben. In diesem Reichthum, in diesem absichtlichen
Streben steht J. Steen freilich in schroffem Gegensatz zu Hals und zu
seinen Schülern. Aber die individuelle Auffassung der einzelnen Charaktere, welche ihm freilich nicht mehr Selbstzweck ist, hat Steen doch mit
Hals gemein; an den lebendigen Bildnissen, den komischen Einzelfiguren
desselben könnte sich Steen begeistert und gebildet haben. Und diese
Vermuthung gewinnt an Halt, wenn wir uns unter den Werken
Steen's näher umsehen: Eine Anzahl von Bildern des Meisters, gewöhnlich Gesellschaftsstücke, in welchen das Thema „Wein, Weib und Gesang“
in den verschiedensten Variationen zur Darstellung kommt, charakterisiren sich durch eine grosse Leichtigkeit aber zugleich auch Flüch-
tigkeit des Machwerks und durch die helle, zuweilen selbst bunte
Färbung als Jugendwerke des Meisters. Um uns darüber ganz ausser
Zweifel zu lassen, verfehlt Jan Steen nur selten, seine jugendliche
Gestalt unter der heiteren Gesellschaft anzubringen. Das bezeichnendste,
freilich auch das einzige mir in öffentlichen Sammlungen bekannte Bild dieser
Art befindet sich in der herzogl. Sammlung zu Dessau: Eine im Stadium der Heiterkeit bereits weit vorgeschrittene Hochzeitsgesellschaft geleitet
das junge Ehepaar zum Brautgemache — also schon ein ächt Steen'sches
Sujet. In einen kleinen Raume hat der Meister hier 27 Figuren zu-
sammengedrängt; die Anordnung ist noch eine rein zufällige, die Zeichnung nachlässig aber sehr flott; die farbigen Stoffe sind in fast skizzi-
render Weise angegeben, die Köpfe mit breiten Pinselstrichen modellirt;
die Färbung ist gleichmässig hell und frisch, die Charaktere sind noch
mehr typisch gehalten, kurz in Allem verräth sich hier ein enger Anschluss an die Kunstweise des Dirk Hals, dem selbst einige Typen der
Figuren entlehnt zu sein scheinen. Der Einfluss, der in diesem frühesten
Jugendbilde deutlich hervortritt, lässt sich auch noch in der folgenden
Entwicklungszeit erkennen. Der köstliche „Brautzug“ vom Jahre 1653
bei Six in Amsterdam, das „Schäkernde Paar“ in Frankfurt, „Wein und
Liebe“ bei Suermondt, die „Orgie“ bei van Hoop, welche eine auffallende
Verwandtschaft mit einem schon besprochenen Bilde des J. A. Duck in
Schleissheim aufweist, — alle diese frühen Meisterwerke verrathen noch
bei aller selbständigen Eigenthümlichkeit und Vollendung die Anknüpf-
ungspunkte an die Schule des Hals. Und sehen wir uns nun in der
Biographie des Meisters um, so finden wir hier in der That einen Anhalt
zur Bestätigung der Ueberzeugung, die wir aus seinen Bildern gewonnen
haben. Herr T. van Westrheene, der Monograph des J. Steen, theilt

uns mit, dass Steen vor dem Jahre 1648 längere Zeit sich in Haarlem aufhielt, ehe er in Leyden als Meister in die Lucasgilde aufgenommen wurde. Da weder N. Knupfer noch J. v. Goijen, die als seine Lehrer genannt werden, in Haarlem ansässig waren, so lässt man wohl den Meister während des Aufenthalts in dieser Stadt sich unter A. Brouwer ausbilden, der doch bereits im Jahre 1631—1632 nach Antwerpen übergesiedelt und schon 1640 gestorben war; oder man macht ihn zum Schüler des A. Ostade, mit dessen ganzer Kunstweise J. Steen so ausserordentlich wenig Verwandtschaft zeigt. Auf Grund der Eigenthümlichkeiten, welche wir in den früheren Bildern des Meisters kennen gelernt haben, müssen wir vielmehr daran festhalten, dass sich Jan Steen während jenes Aufenthalts in Haarlem unter dem Einflusse des Frans Hals, vielleicht in der Schule des Dirk Hals ausgebildet hat.

Wohl der entschiedenste Antipode des Jan Steen ist unter den holländischen Genremalern *Gerard Terborch*. Statt jenes schneidigen Humors bei Steen finden wir bei Terborch eine auf den ersten Blick fast nüchterne Schlichtheit der Auffassung, statt des Reichthums der Motive und der Charaktere einfache sich häufig wiederholende Scenen mit wenigen meist wiederkehrenden Figuren, statt lebendigster Bewegung die höchste äusserliche Ruhe, statt leichter flotter Behandlung und frischer bunter Färbung die feinste Durchführung, die abgewogenste Harmonie der Farben. Und doch wie wir in J. Steen Anklänge an die Auffassung und Behandlung des F. Hals zu entdecken glaubten, so scheinen mir dieselben auch in Terborch noch erkennbar. Freilich war es nicht die frappante Charakteristik, der derbe Humor des F. Hals, welcher ihn anzog, sondern die schlichte naive Auffassung und die feine Färbung des Meisters. Wir haben eine Reihe von Bildern des Hals aus seiner besten Zeit kennen gelernt, darunter namentlich jenes wunderbare Bildniss des jungen Mädchen aus der Familie van Beresteyn, welche nicht in der Bravour der Mache sondern in dem Verläugnen derselben, in der grössten Durchführung, in der raffinirtesten Zusammenstellung und Abtönung der Farben und des Colorits zu excelliren suchen; solche Werke sind die Vorbilder des Terborch gewesen, an ihnen hat er seine unübertroffene malerische Behandlung des Stofflichen ausgebildet. Deutlicher als in den meisten seiner allbekannten Darstellungen und dem sogenannten höheren Genre zeigt sich die Verwandtschaft in einigen schon den Motiven nach abweichenden Bildern, welche aus ähnlichen Kreisen entnommen sind wie die Bilder eines J. A. Duck, Kick und anderer Schüler des F. Hals, denen sie auch in der Einfachheit der Auffassung wie der Färbung verwandt sind. Dahin gehören vor Allen „die jungen Raucher“

in der Münchener Galerie (S. 243), „der Junge, welcher seinen Hund laust" in derselben Sammlung, „die Frau, welche ihr Kind kämmt" bei Baron van Steengracht im Haag, „die Trictracspieler" in der Kunsthalle zu Bremen. Namentlich das Letztere, eines der frühesten Bilder des Meisters, welches auch noch eine ganz abweichende Bezeichnung trägt, zeigt jene dünne, flüssige Behandlung, jene eigenthümliche Farblosigkeit, und den grauen Gesammtton, welche wir bei P. Codde, P. Potter und namentlich bei Kick kennen gelernt haben; und doch übertrifft dieses Bild jene Meister schon durch die Feinheit des Tones, die Harmonie der Färbung, die delicate Zeichnung. In sehr verschiedener Weise repräsentirt ein Bild das Berliner Museum diese früheste Zeit des Meisters: der innere Hof einer verfallenen Wohnung mit der Familie eines Schleifers staffirt, ein Gemälde, welches eben so farbig, leuchtend und pastos ist wie jenes farblos und dünn, von einer Kraft und Feinheit der Färbung wie die Bildnisse des F. Hals aus seiner mittleren Zeit etwa um 1635. Für unsere Frage von höchstem Interesse ist endlich ein Bild im Privatbesitz zu Oldenburg, welches auf den ersten Blick ganz von Terborch abzuweichen scheint; und doch wird uns eine nähere Betrachtung überzeugen, dass die grosse Bezeichnung des Bildes (G. Terborch 1669) und ebenso auch das Bild selbst unzweifelhaft ächt sind. Dasselbe stellt in lebensgrosser Figur einen Alten dar, welcher einen Korb mit Fischen feil bietet, die er vor sich auf einem Tische liegen hat. Die Behandlung ist der breitesten Manier des Frans Hals nahe verwandt, die Färbung in dem grauen Tone der späteren Zeit ihres Meisters; die vortrefflich behandelten Fische haben mit den Fischstücken des jüngeren Frans Hals auffallende Aehnlichkeit. Ich möchte hier auch noch auf die allgemeine Verwandtschaft aufmerksam machen, welche — bei dem grossen Abstande in Bezug auf den künstlerischen Werth — die Conversationsstücke des Terborch mit ähnlichen Gegenständen des A. Palamedes, des J. A. Duck, des Dirk Hals in der Einfachheit und Anspruchslosigkeit des Gegenständlichen, in der gleichmässigen hellen Färbung aufweisen. Dagegen erinnert der leider nur noch in dem Stich von Suyderhoef erhaltenen „Messerkampf" des Meisters sehr an Brouwer. — An einem äusseren Anhalt für unsere Ansicht, dass G. Terborch unter F. Hals einen Theil seiner Ausbildung erhalten habe, fehlt es nicht; denn Houbraken berichtet, dass der Meister nach dem Unterricht, welchen er von seinem Vater erhalten habe, „später auch zu Haarlem bei einem Maler gewohnt habe, den er jedoch nicht anzugeben wisse". Dieser Aufenthalt wird etwa um das Jahr 1630 zu setzen sein, da Terborch bereits 1637 von seinen grossen Reisen zurückgekehrt war; er fällt also gerade in die Blüthezeit des Frans Hals, in die Zeit seines ausgedehntesten Einflusses. Und wie hätte sich diesem Einflusse ein durch malerischen und coloristischen Sinn so verwandtes Genie wie G. Terborch entziehen können!

Auf den Gedanken, dass auch *Gabriel Metsu* eine Zeit lang unter dem Einflusse des F. Hals gestanden haben könnte, hat mich zuerst ein Bild gebracht, welches sich im Privatbesitz zu Utrecht befindet*). „Der Einfluss des F. Hals verräth sich in den vier lebensgrossen Figuren dieses Bildes durch das Streben, sowohl die breite und kecke Behandlung wie das eigenthümliche Colorit dieses Meisters wiederzugeben, ja selbst durch die Wahl der Figuren, von denen die eines jungen Cavaliers geradezu wie eine Copie nach einem Hals'schen Portrait aussieht, während zugleich die Schwäche in der Behandlung und die ängstliche Nachahmung das Gemälde wohl als das früheste von Metsu bekannte erscheinen lässt“. Etwa gleichzeitig mag ein Bild in kleinem Format entstanden sein, welches sich in der Galerie Liechtenstein zu Wien befindet: ein junger Cavalier scherzt mit einer Courtisane. Der Gegenstand, die helle und leuchtende Färbung, das dünne leichte aber flüssige und selbst rohe Machwerk bietet die auffallendste Verwandtschaft mit ähnlichen Bildern aus der Schule des Hals, namentlich mit der „Courtisane“ von J. A. Duck in der Galerie zu Schleissheim, auf deren Aehnlichkeit mit der „Orgie“ des Jan Steen im Museum van der Hoop wir schon früher aufmerksam gemacht haben. Den Einfluss des Hals sehen wir auch noch in einem Bilde, in welchem der Meister bereits auf seiner vollen Höhe steht, in dem Bohnenfest der Münchener Galerie. Die breiten Massen, in denen hier noch die Zeichnung gegeben ist, die kräftige Färbung der vorderen Figuren und der graue Hintergrund lassen noch die Schule des Hals

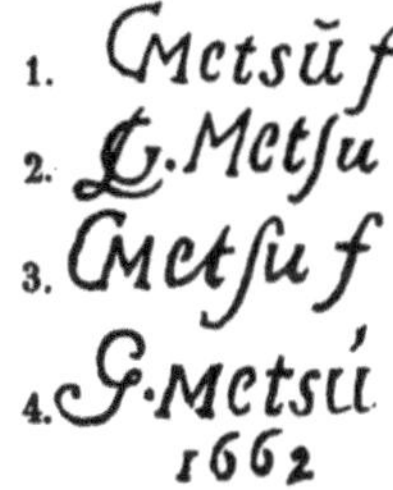

erkennen. Dies letztere Bild hat bereits die gewöhnliche Bezeichnung des Meisters (1.), während die beiden zuerst erwähnten Bilder wie in ihrer Behandlung so auch in den Bezeichnungen ganz eigenthümlich sind (2. und 3.). — Uebrigens sehen wir bei Metsu den Einfluss des Hals

---

*) Das Nähere cf. Zeitschrift f. bild. Kunst IV. Jahrg., 1869 pag. 125 ff.

durch den des Rembrandt schon früh verdrängt, wie bezeichnete Bilder aus dem Jahre 1653 — also aus dem 23. Jahre des Meisters beweisen. Rembrandt's Kunstweise wird fortan für Metsu bestimmend und leitet sein Talent in den ihm entsprechenden Wirkungskreis.

Wir haben schon unter den Genremalern aus der Schule des Frans Hals die ausserordentliche Verschiedenheit und Vielseitigkeit bewundern gelernt; jetzt lernen wir auch noch Schüler des Meisters kennen, welche sich der Schilderung, von Architecturen und von Stilleben gewidmet haben.

Der Architecturmaler *Dirk van Deelen* gehört sogar zu den bekanntesten Schülern des Frans Hals. Schon die gleichzeitigen Biographen (C. de Bie pag. 281) beschäftigen sich ausführlicher mit ihm, und durch neuere Forschungen sind einzelne interessante Details hinzugekommen, durch welche die Dauer seiner künstlerischen Thätigkeit bis zum Jahre 1669 festgestellt ist. Aus den Bezeichnungen seiner Bilder geht auch hervor, dass von den Angaben, die die Geburt des Künstlers in das Jahr 1607 oder 1635 versetzen, nur die erstere richtig sein kann, da wir bereits ein Bild aus dem Jahre 1628 besitzen. Die Anzahl der uns erhaltenen Werke des Meisters ist nicht bedeutend, und da auch diese sehr zerstreut sind, so hat man in neuerer Zeit den Meister zu wenig beachtet und nicht genügend geschätzt. D. v. Deelen wählt sich zur Darstellung grosse freie Räume: Prachtgemächer, Höfe von Palästen, die von Säulenhallen umgeben sind, oder denen sich französische Parkanlagen anschliessen, zuweilen auch weitläufige Hallenkirchen. Ein helles gleichmässiges Tageslicht beleuchtet diese Räume, deren Wände und Fussböden, deren Decken von der bunten Pracht der schönsten Steinarten, von farbigem und vergoldetem Holzgetäfel erglänzen. Durch seine frischen Farben, durch seine flüssige und leichte Behandlung und einen äusserst feinen Luftton weiss uns der Meister diese Prachtbauten in ihrem grossen charaktervollen Styl, ihrer heiteren und äusseren Pracht so anziehend zu schildern, dass wir das Element der Gemüthlichkeit nicht einmal für sie verlangen, so wenig wir uns vor den Bildnissen des Frans Hals, vor den Gesellschaftsstücken seiner Schüler durch das Bewusstsein werden stören lassen, dass ihnen ein tieferes Gemüthsleben abgeht. Wie vortrefflich diese Räume des D. v. Deelen mit der Welt zusammenpassen, die uns Hals und seine Schüler schildern, beweisen uns eine Reihe von Gemälden dieses Architecturmalers, welche durch A. Palamedes, Dirk Hals, Codde und andere Schüler des Frans Hals staffirt sind, für deren Bilder van Deelen gelegentlich die architectonischen Hintergründe gemalt hat. Von den öffentlichen Sammlungen Deutschlands besitzen Berlin und Braunschweig je ein Bild (von 1647 und 1635) Augsburg und

Wien je zwei Bilder des Meisters. Die beiden letzteren, von denen das eine vom Jahre 1640 datirt ist, sind die an Umfang wie an Kunstwerth ausgezeichnetsten Bilder des Künstlers. Die Gemälde, welche mir in Privatsammlungen und in den Galerien des Auslandes bekannt sind, umfassen nach den Datirungen den Zeitraum von 1628 bis 1669.

Wie uns in den meisterlichen architectonischen Hintergründen auf einer Reihe von Portraitstücken des Frans Hals die Vorbilder für die Architecturstücke eines Deelen erhalten sind, so erkennen wir auch in den reichbesetzten Tafeln seiner Schützenfeste die Vorbilder für die Stilleben seiner Schüler. Nicht Blumen- oder Fruchtstücke zum Erfrischen des Auges, zur gemüthlichen Ausschmückung des Zimmers, sondern auch hier bieten Gegenstände der äusseren Pracht, des Genusses die Vorwürfe für die Schüler des Frans Hals: Silberne und goldene Prachtgefässe, wohl besetzte Frühstückstische, Körbe mit Krebsen und Fischen geben die Motive für die Gemälde dieser Meister. Mit Vorliebe widmen sie sich auch der Darstellung einer sogenannten Vanitas, d. h. der Zusammenstellung von Gegenständen, welche auf die Vergänglichkeit des irdischen Lebens Bezug haben — einer Darstellung, welche für die Charakteristik des holländischen Volkes sehr bezeichnend ist, das täglich den Gefahren ausgesetzt im Glauben an die Bestimmungen des Schicksals kühn und heiter dem Tode ins Auge sieht und sich gern an denselben erinnern lässt. Auch von Frans Hals wird eine solche „Vanitas" in einem Kataloge aus dem Jahre 1634 erwähnt. Wir haben diese Schüler des Frans Hals, welche Stilleben gemalt haben, bereits als Bildniss- oder Genremaler kennen gelernt; durch auf uns gekommene Bilder sind uns nur der *jüngere Frans Hals* und *Pieter Potter* als Stillebenmaler bekannt, durch Ueberlieferung auch noch *Willem Hals*, *Jan Hals* und *Pieter Roestraeten*. Die wenigen hieher gehörigen Bilder des *jüngeren Frans Hals*: ein Tisch mit Prachtgeräthen von 1640 bei Herrn Suermondt, eine Vanitas vom Jahre 1644 bei Herrn Goldsmith und Fischstücke in den Sammlungen Burger (von 1643) und van Rheede zu Utrecht gehören zu den ausgezeichnetsten Werken, welche die holländische Malerei in diesem Zweige hervorgebracht hat. Die meisterliche Wiedergabe des Stofflichen, die breite pastose Behandlung, die feine Abtönung giebt diesen Darstellungen, wenn sie auch in der Composition zufällig, in der Färbung äusserst einfach sind, doch ein hohes Interesse. Diesen Bildern sind die Stilleben des *Pieter Potter* sehr verwandt, von denen mir eine Vanitas bei Herrn Suermondt vom Jahre 1636, ein gleicher Gegenstand bei Herrn Gsell in Wien, im Museum van der Hoop (vom Jahre 1646), endlich bei Herrn van Haanen in Wien aus dem Jahre 1638 bekannt ist. Da dieselben in einem kleineren

Formate als die Stilleben des Frans Hals gehalten sind, sind sie dem
entsprechend mehr durchgeführt und weniger flüssig im Machwerk. Die
ausserordentliche Verwandtschaft in der Auffassung und Ausführung, welche
diese Bilder mit den Werken der bekanntesten Stillebenmaler des *W. C.
Heda* aus Haarlem und des *C. Pierson* aufweisen, lassen mich vermuthen,
dass auch diese Meister unter dem Einflusse des Frans Hals sich gebildet
haben. Die gewöhnliche Annahme, dass C. Pierson im Jahre 1631 geboren
sei (Waagen Handbuch II. 254), ist durchaus irrthümlich, da seit dem
Jahre 1633 datirte Bilder des Meisters vorkommen.

Wenn ich im Verlauf dieser Arbeit nur auf die Gemälde der Künstler
eingegangen bin, so liegt der Grund davon in dem Umstande, dass uns
Handzeichnungen von Frans Hals und seinen Schülern fast gänzlich fehlen
und dass dieselben als Radirer nicht thätig waren.

Die letzte Thatsache erklärt sich aus der Bedeutung, welche das Element des Helldunkels für die Radirung besitzt; einen treffenden Beweis dafür giebt Adriaen van Ostade, welcher erst unter dem Einflusse von Rembrandt's Kunstweise sich zum Radirer ausbildete. Von den Radirungen,
welche dem Molenaer zugeschrieben werden, habe ich bereits oben ge-
sprochen. Die 18 Radirungen, welche als Adriaen Brouwer passiren,
sind für diesen Künstler in der Zeichnung und Behandlung, zum Theil
auch in der Erfindung viel zu gering, wesshalb sie auch Heller mit vollem
Rechte dem Meister abspricht.

Auf die Zeichnungen hier näher einzugehen, gestattet mir leider
der Raum nicht. Leider trägt das geringe Interesse für unsern Meister
die Schuld daran, dass nur gar Weniges erhalten ist; und in der Benennung dieser Zeichnungen sind fast sämmtliche Sammlungen überaus
willkürlich. Von Frans Hals weiss ich nur zwei Zeichnungen im Teyler-
Museum zu Haarlem mit Sicherheit anzugeben, die Skizzen zu dem
frühesten Schützenstücke im städt. Museum daselbst vom J. 1616. Von
Dirk Hals befindet sich ein in Wasserfarben ausgeführtes Gesellschaftsstück
mit zahlreichen Figuren unter dem Namen seines Bruders Frans in der
Sammlung des Erzherzog Albrecht zu Wien. Dieselbe Breite, dieselbe
Sicherheit, welche wir schon in der Zeichnung der Gemälde beider Künstler bewundert haben, finden wir auch in diesen Studien wieder. Sorgfältiger, aber auch kleinlicher — wie ihre Gemälde — sind die Zeichnungen des J. A. Duck, des A. Palamedes, Kodde und Kick. Es sind
dies meist Studien für einzelne Figuren, seltener Skizzen zu Bildern. Sie
gehen fast sämmtlich unter dem Namen Le Ducq, zuweilen auch als
Terborch oder Mieris. Von der Hand des Adriaen Brouwer sind ächte

Zeichnungen ausserordentlich selten; die Albertina besitzt zwei derselben, welche sich durch die Leichtigkeit und Sicherheit der Behandlung wie durch lebendige und humoristische Auffassung gleich auszeichnen. Wie man die Gemälde des Adriaen Ostade aus seiner früheren Zeit zuweilen für Brouwer ausgiebt, so gehen auch die Zeichnungen derselben Zeit unter dem Namen jenes Künstlers. Gerade die Albertina besitzt drei vortreffliche Skizzen Ostade's, die durch Wasserfarben in Effect gesetzt sind, unter der Bezeichnung Brouwer. Aehnliche Zeichnungen kommen auch in den Cabineten zu Frankfurt, Hamburg und München vor, welche eine grosse Auswahl meist vortrefflicher Zeichnungen aus der späteren Zeit Ostade's besitzen. Von Steen, von Terborch oder Metsu habe ich bisher keine Zeichnung gefunden, welche ich der frühesten Zeit dieser Meister mit Sicherheit zuschreiben könnte.

Die Gemälde des Frans Hals haben zu verschiedenen Zeiten die Aufmerksamkeit der Stecher erregt. Eine ganze Reihe von Zeitgenossen haben Stiche nach seinen Bildnissen angefertigt; die zahlreichsten und vorzüglichsten sind von der Hand seines Landsmannes *Jonas Suyderhoef*, der in seiner grossen und wirkungsvollen Handhabung des Stichels den Einfluss des Frans Hals nicht verläugnet. Ein anderer grosser Stecher Hollands, *Cornelis Visscher*, hat freilich nicht direct nach Gemälden des Frans Hals gestochen, aber um so mehr hat er sich an denselben gebildet, wie eine Reihe seiner Bildnisse und Volksfiguren beweisen. Im vorigen Jahrhundert sind namentlich durch englische Künstler eine Reihe von Bildern des Meisters in Schabmanier reproducirt; die Aufmerksamkeit, welche in neuester Zeit wieder auf den grossen Künstler gelenkt ist, giebt sich auch in wenigen vortrefflichen Werken der Radirkunst von der Hand eines Flameng, Jacquemart, Unger kund.

Suchen wir zum Schluss ein Gesammtbild zu gewinnen von dem, was sich im Laufe unserer Betrachtung ergeben hat. Durch einen Vergleich mit Rembrandt wird uns die Bedeutung des Frans Hals am deutlichsten werden; und da diese beiden Meister die Mittelpunkte und Repräsentanten der beiden Hauptepochen der holländischen Malerei sind, so ergiebt sich aus einer solchen Zusammenstellung zugleich auch das Verhältniss dieser Entwicklungsperioden zu einander.

Frans Hals richtet sein Streben vor Allem auf eine charaktervolle Wiedergabe seines Vorwurfes und erreicht dieselbe auf rein malerischem Wege; diese einseitige Richtung entwickelt er bis zu ihren äussersten erreichbaren Grenzen. Die tiefere innerliche Erfassung des darzustellen-

den Gegenstandes, welche dem Frans Hals abgeht, wird der Ausgangspunkt
für Rembrandt's Kunstweise; der Darlegung des Gemüthslebens giebt derselbe den künstlerischen Ausdruck in seinem Helldunkel, welches durch
die Betonung der Beleuchtung eine neue und zugleich die letzte mögliche
Stufe des Malerischen innerhalb der niederländischen Kunst bezeichnet.

Die Richtungen beider Meister sind zugleich der künstlerische Ausdruck der gleichzeitigen staatlichen Entwicklung ihres Landes. In den
Doelen- und Regentenstucken des Frans Hals, welche wir als Versammlungen
Einzelner ohne Streben nach einheitlicher Composition und doch mit
einheitlicher Wirkung charakterisirt haben, repräsentirt sich die Zeit der
auf der persönlichen Tüchtigkeit basirenden Freiheitskämpfe, welche trotz
des Fehlens eines ausgesprochenen staatlichen Zusammenhanges möglich
wurden und zu einem glänzenden Erfolge führten durch das stillschwei-
gende Einverständniss in den Handlungen aller Einzelnen. Dagegen
bieten die scheinbar regellosen aber eng geschlossenen Compositionen
des Rembrandt den Ausdruck des zum Abschluss gediehenen einheitlichen
aber aus den mannigfachsten Factoren zusammengesetzten Staatsorganismus.
Jene anfängliche staatliche Entwicklung bot die Möglichkeit wie das Be-
dürfniss der Weiterbildung; diese allzu künstliche Einheit dagegen konnte
nur von kurzer Dauer sein. So machte auch die Kunstweise des Frans
Hals die des Rembrandt möglich und bedingte sie; Rembrandt's künstle-
risches Streben duldete dagegen keine Fortentwicklung mehr; nur ein so
ausserordentliches Talent wie das seinige konnte die Aufgabe erfassen
und musste sie auch zugleich zum Abschluss bringen. Hals schildert uns
ein Volk, welches durch eigene Tüchtigkeit Alles geworden ist und sich
dessen bewusst ist, gleich bereit zur Vertheidigung seiner Interessen und
Ueberzeugungen wie zum Genusse des Augenblicks; ein Volk, dessen kalte
Verstandesrichtung einen glücklichen Zügel bot für die tiefen Leidenschaften, welche es durchwühlten. Rembrandt führt uns in eine Zeit, in
welcher dieses Volk zum Genuss seiner Errungenschaften gelangt ist,
durch äusseren Wohlstand und durchgehende Bildung aller Klassen bei
aller gesunden Leidenschaftlichkeit und derbem Humor einen Schatz des
inneren Gemüthslebens in sich entwickelt hat.

1. Anhang.

Ein handschriftlicher Nachtrag des Malers Mathias Scheits zu Carel van Manders „Schilderboeck".

In einem Exemplar von Mander's „Schilderboeck", welches ich auf der Auction Weigel für mich erwerben liess, findet sich am Schlusse ein kurzer handschriftlicher Nachtrag aus dem Jahre 1679, welcher mit dem Monogramme M. S. unterzeichnet ist. Dieselbe Bezeichnung nebst der Jahreszahl 1662, die wohl die Zeit der Erwerbung des Buches angiebt, findet sich auch in dem Eingange desselben. Eine Beischrift von einer Hand des vorigen Jahrhunderts sagt: „Dieser M. S. ist sehr wahrscheinlich Mathias Scheits". Und in der That bestätigt sich jene Vermuthung nicht nur aus dem Monogramme, welches genau mit den Bezeichnungen übereinstimmt, die sich auf den seltenen Bildern und auf den Radirungen jenes Hamburger Malers finden; sie erhält ihre innere Begründung aus dem Manuscript selbst. Dasselbe enthält nämlich Notizen über die Koryphäen der niederländischen Malerei nach Manders Zeit: über Rubens und Jordaens, über Rembrandt und Hals. Dass nun diesen Meistern als fünfter gerade noch Philip Wouwerman angereiht wird, dass über ihn und speciell über einen Aufenthalt desselben in Hamburg die detaillirteste Auskunft gegeben wird, werden wir von dem Hamburger Mathias Scheits erklärlich finden, der ein Schüler von Wouwerman war.

Die Nachrichten, welche das Manuscript enthält, sind freilich nur kurz und geben — ausgenommen für Philip Wouwerman — kaum etwas Neues; aber schon die Bestätigung der neuesten Forschungen durch das Zeugniss eines Zeitgenossen, schien mir die Publication zu rechtfertigen, zumal da er seine Angaben aus eigener Bekanntschaft mit den Künstlern selbst schöpft. Dieser Umstand erhöht auch den Werth seiner Urtheile über die Person und die Kunst der Meister.

Die kurze Notiz über Rubens, welchen Scheits in seinem „Memorial" voranstellt, ist ganz unbedeutend und um so weniger von Interesse, da Scheits (der um das Jahr 1640 zu Hamburg geboren wurde) mit demselben nicht mehr in persönlichem Verkehr gestanden haben kann.

Das Manuscript fährt danach wörtlich fort:

„noch Eenige uytnemende Meesters deser Konst die ick M. S. gekent hebbe ende al verby sein, sein dese volgende:

Jacob Jordans is een discipel geweest van Adam van Ohrt. Anno 1669 vont ick hem noch rustich schildern, doen ick t'Antwerpen wesende hem besocht. ick bevont hem seer frindelik ende beleeft, want hey my in sein Huys overal voerde ende al sein Künst (des hei seer veel, so van sein eigen als ander, hadde) toonde. hei is gestorven Anno 1677 in de 80 Jahren out.

Rembrant, toe genamt van den Rein om dat hei in een Plaets aen den Ryn gelegen gebohren was, hadde geleert by Pitter Lastman. sein vader was een Molenar. hei hielt sein Wohning t'Amsterdam, wass achtbaer ende groht van aensien door sein Konst geworden, het welck doch in't lest mit hem wat verminderde. hey starf Anno 1669, in de Maent September.

Den Treffeliken Conterfeiter Frans Hals van Harlem heeft geleert by Carel Vermander van Molebeke. hei is in sein Jeiigt wat lüstich van leven geweest, doen hy out wass ende met sein Schildern (het welck nu nit meer wass als weleer) nit meer de Kost verdinen kon, heeft hey eenige Jaren tot dat hey starff, van de Ed: Ovricheit van Haerlem seker gelt tot sein onderhouding gehat, om de deugt seinder Konst. hei is omtrent Anno 65 off 1666 gesturven, ende na myn gissen wel 90 Jaren off niet veel minder out geworden.

Den geestigen Schilder Philip Wouerman van Harlem, wiens Vader een schlecht Schilder was, qwam noch Jonck wesende vroeg tot Vermaertheit. hei vreide tegen sein vaders wil, trock darom mit sein Breüt, die Paps van Relige wass, te Scheep naer Hambürg, alwaer sich dit Paer van een Papisten Paep trauen liet. daer schilderde hei noch enige weken by den konstreiken Evert Decker en keerden daer naer weder tot Harlem, alwaer hei al sein teit gewoont heeft, ende met sein Konst wel gevaren iss. hei soude nanlicks 19 Jaeren out geweest sein doen hey Trouden, is gestorven Anno 1668 out omtrent 49 off 50 Jaeren.

dit geschreven Anno 1679 den 23. Jüny. M. S".

In deutscher Uebersetzung:

„Einige vorzügliche Meister dieser Kunst, die ich M. S. gekannt habe, und die jetzt schon todt sind, sind noch die folgenden:

Jacob Jordans ist ein Schüler von Adam van Ohrt gewesen. Im Jahre 1669 fand ich ihn noch rüstig malend, als ich bei meinem Aufenthalte zu Antwerpen ihn besuchte. Ich fand in ihm einen sehr freundlichen und höflichen Mann, indem er mich in seinem ganzen Hause umherführte und mir alle seine Kunstschätze zeigte (deren er in grosser Menge, von seiner Hand wie von anderen Meistern, besass). Er ist 1677 in die 80 Jahre alt gestorben.

Rembrandt mit dem Beinamen van den Rein, weil er in einem Orte am Rhein geboren wurde, hatte bei Pitter Lastman gelernt. Sein Vater war ein Müller. Er hatte seinen Aufenthalt zu Amsterdam, war geachtet und zu grossem Ansehn gekommen durch seine Kunst, welche jedoch schliesslich weniger beliebt war. Er starb im Jahre 1669, im Monat September.

Der treffliche Bildnissmaler Frans Hals von Haarlem hatte bei Carel Vermander aus Molebeke gelernt. Er hat in seiner Jugend ein etwas lustiges Leben geführt; als er alt war und mit seinem Malen, welches jetzt nicht mehr so [gut] war als früher, nicht mehr den Lebensunterhalt verdienen konnte, hat er einige Jahre bis zu seinem Tode von dem Magistrat der Stadt Haarlem eine feste Geldsumme zu seiner Unterhaltung bekommen zum Lohn für die Meisterschaft seiner Kunst. Er starb um das Jahr 65 oder 1666, nach meiner Vermuthung etwa 90 Jahre alt oder doch nicht viel weniger.

Der geistreiche Maler Philip Wouwerman von Haarlem, dessen Vater ein geringer Maler war, gelangte schon in früher Jugend zu grossem Ruf. Er liebte gegen seines Vaters Willen, zog desshalb mit seiner Braut, die katholischer Religion war, zu Schiff nach Hamburg, wo sich dies Paar durch einen katholischen Priester trauen liess. Dort malte er noch einige Wochen lang bei dem kunstreichen Evert Decker und kehrte darauf nach Haarlem zurück, wo er fortan stets gewohnt hat und mit seiner Kunst viel Glück machte. Er soll gerade 19 Jahr alt gewesen sein, als er heirathete; er ist gestorben im Jahre 1668, ungefähr 49 bis 50 Jahre alt.

Geschrieben am 23. Juni 1679. M. S".

Diese Angaben, die wohl nur aus dem Gedächtniss gemacht sind, enthalten freilich einige Ungenauigkeiten. Zunächst starb Jordaens nicht 1677, sondern erst 1678 am 18. October im Alter von 85 Jahren; mit dem Ausdruck „in de 80 Jaeren out" hat Scheits wohl sagen wollen, dass Jordaens „hoch in den Achzigen" starb. Die Zeit von Rembrandt's Tode, welche so lange streitig gewesen ist, ist dagegen mit dem September 1669 fast ganz genau angegeben; seine Bestattung fand bekanntlich nach Scheltema's Entdeckung am 8. October 1669 statt.

Die Angaben über Frans Hals und Philip Wouwerman bestätigen und vervollständigen in höchst interessanter Weise die neuesten Forschungen van der Willigen's. Das Alter von Hals giebt Scheits mit 90 Jahren nach der gewöhnlichen Annahme, wonach derselbe im Jahre 1584 geboren sein soll, freilich um acht Jahre zu hoch an; aber dieses Datum ist urkundlich noch nicht festgestellt. Mit Sicherheit lässt sich nur angeben, dass Hals nach 1579 geboren ist, in welchem Jahre seine Eltern nach

Antwerpen übersiedelten. Todesjahr und Alter von Philip Wouwerman giebt Scheits richtig an; der Meister hatte eben das 49. Jahr vollendet, als er 1668 starb. Die Notizen über die Heirath und über die Religion seiner Frau erklären es, wesshalb van der Willigen bisher vergeblich in den Kirchenbüchern Haarlem's nach Notizen über die Trauung und über die Taufen der Kinder geforscht hat; solche Register existirten für die katholische Kirche zu Haarlem nicht.

Am interessantesten sind wohl die kurzen Bemerkungen über die Persönlichkeit und die künstlerische Bedeutung der Meister, da sie von einem gleichzeitigen Künstler herrühren, welcher mit ihnen in persönliche Berührung gekommen war. Wenn wir von Rembrandt erfahren, dass er „wass achtbaer ende groht van aensien door sein Konst", so bestätigt diese kurze Notiz die Vermuthungen und Behauptungen, welche die neuesten Forscher, welche namentlich Vosmaer über die Stellung Rembrandt's als Künstler und als Mensch aufgestellt hat. Wenn Scheits uns weiter mittheilt, dass Rembrandt's Kunst in der späteren Zeit aus der Mode gekommen sei, oder dass die Kunst des Frans Hals mit zunehmenden Alter abgenommen habe, so wird uns das bestätigt, was ich speciell für Hals auszuführen versucht habe, dass nämlich die veränderte Zeitströmung, die immer stärkere Betonung des Kleinen, ja des Kleinlichen in der Kunst das Verständniss jener grossen Meister, deren Stil gerade mit zunehmendem Alter immer grösser wurde, mehr und mehr verdunkelte. Nicht in einem Mangel an schöpferischer Kraft oder in Altersschwäche der Künstler, sondern in der Verbildung des Geschmackes im Publikum haben wir den Grund dafür zu suchen, dass die Zahl der Werke von Rembrandt wie von Hals aus dem letzten Jahrzehnt ihres Lebens nur eine verhältnissmässig geringe ist.

Schliesslich möchte ich noch mit einem Worte auf die Auswahl der Künstler, die Scheits für sein „Memorial" getroffen hat, aufmerksam machen. Abgesehen von seinem eigenen Lehrer Philip Wouwerman wählt er sich aus der Menge der niederländischen Künstler des XVII. Jahrhunderts Rubens und Jordaens, Rembrandt und Hals — also gerade die Meister, welche erst jetzt wieder als die Altmeister der flamändischen sund der holländischen Malerei anerkannt werden, während kein andere altes Zeugniss sie so klar und ausschliesslich als die Spitzen jener beiden Schulen bezeichnet.

27. Januar 1871.

W. Bode.